Simon Rhys Beck

Strange Love

Roman

dead soft verlag

dead soft verlag
http://www.deadsoft.de

Umschlaggestaltung: dead soft
Photo: Nicole Oebel
Motiv: André Scherer
Auszug aus „six-seven-eight“ with kind permission of A. Scherer

ISBN 978-3-934442-01-4
4. Auflage 2008

For strangelove
and
as always and forever
for
Michael
and
Patrick –
all the wild flowers grow for you.

Warum sich nicht einer Täuschung hingeben,
die die Sinne betört?

He's got a bottle full of death
my frozen eyes
my emptiness
I'm getting high with every breath I take
André Scherer/ Gloria

1. Kapitel

Es gab zwei Dinge, die Nick Jeffrey wirklich haßte – warten und kotzen. Doch letzteres war genau das, was er gerade mußte. Es war einfach so über ihn gekommen.
Im letzten Moment war er losgespurtet und überlegte nun – während er auf den Knien vor der Toilette lag – was seinen Körper diesmal aus dem Konzept gebracht hatte.
Ungeduldig stand Ray vor der Toilettentür. Er hörte, wie Nick sich geräuschvoll erbrach. Mühsam unterdrückte er ein Würgen.
»Nick – geht's dir gut?«
»Scheiß Frage«, knurrte Nick. Er hörte die Nervosität in Rays Stimme.
»Mensch, beeil dich, wir müssen sofort auf die Bühne.«
Ray hörte Nicks Stöhnen, dann die Toiletten-Spülung.
Nick trat aus der engen Zelle heraus. Er sah aus wie der personifizierte Tod, bleich, abgespannt. Die dunklen Augenringe nur mühsam überschminkt.
Ray klopfte ihm auf die Schulter.
»Ich dachte, du trinkst nicht mehr?!«
Nick starrte ihn an, ging dann zum Waschbecken und spülte sich den Mund aus.
»Tu ich auch nicht. Keinen Tropfen habe ich angerührt.«
»Aha.«
Mit dem Ärmel wischte Nick sich den Mund ab. Er grinste. In seinem hageren Gesicht wirkte das Grinsen irgendwie teuflisch.
»The show must go on...« Er zog Ray mit sich aus dem gefliesten Raum, und als er auf den Gang trat, hörte er schon das Intro.
»Hey, die wollen ohne uns anfangen.« Er trabte die letzten Meter bis zur Tür. Der säuerliche Geschmack in seinem Mund

hob seine Stimmung nicht gerade, aber als er die Tür öffnete und die Stufen zur Bühne erklomm, wußte er, daß es ein geniales Konzert sein würde.
Im Dunkeln trat er an sein Mikro. Das Schreien und der Applaus brandeten um seine Ohren. Für einen kurzen Moment dachte er, er sei am Meer. Der Gedanke ließ ein Lächeln auf seinen Lippen erscheinen. Dann begrüßte er sie mit einem breiten: »Hallo.«
Sie tobten – Gott allein wußte, warum.
John stand neben ihm, nickte ihm zu und spielte den ersten Song an. Die Töne der E-Gitarre jagten Nick wohlige Schauder über den Rücken. Energie durchströmte seinen Körper, er würde dieses Gefühl immer lieben. Er brauchte es. Und sie brauchten ihn.
Seine Stimme erfüllte den Saal, erfüllte die Luft und erstaunte ihn selbst. Es würde ein fantastisches Konzert werden.

Cerys stand dort, in der ersten Reihe und wurde gegen die Absperrung gedrückt. Aber sie bemerkte es nicht einmal. Sie sah nur Nick, seine schwarzen Haare, seine großen, ausdrucksvollen Augen, seine bleiche Haut. Sie starrte ihn an, hatte das Gefühl seinen schmalen Körper anfassen zu müssen. Es war wie ein Zwang, drängend und verzweifelt. Sie hörte nicht, daß sie laut mitsang. Ihre Augen hingen an Nick, selbst wenn sie gewollt hätte, sie hätte sie nicht abwenden können. Seine volle Stimme vibrierte in ihrem Körper.
Nick stützte sich grinsend auf einen Security-Guard und sprang mit einer Raubtierbewegung in den Graben. Hinter Cerys erhoben sich Hände, um ihn zu berühren. Sie wurde noch härter gegen die Metallstäbe gedrückt. Nick war so nah, ihr stockte der Atem. Er sah sie an, während er sang, streckte die Hand aus und berührte ihre Haare.
Dann erwischten ihn die vielen ausgestreckten Hände und zogen ihn von der anderen Seite an die Absperrung heran. Er

war jetzt so dicht, daß Cerys ihn riechen konnte, sie hätte ihn sogar küssen können. Neben ihr schrie ein Mädchen.
Überall auf Nicks Körper schienen Hände. Der Junge, der neben Cerys stand, faßte Nick zwischen die Beine. Er war sehr hübsch, sehr weiblich – Nick grinste ihn an. Er beugte sich vor und küßte ihn auf die Wange, dann wandte er sich ab.
Er kletterte zurück auf die Bühne und tanzte ausgelassen, wie nur er tanzen konnte. Cerys hatte so etwas bei keinem anderen Sänger je gesehen. Sie sah zu dem Jungen an ihrer Seite – er hatte einen verträumten Gesichtsausdruck.
Wo war eigentlich Cora abgeblieben? Sie hatten sich gleich zu Beginn aus den Augen verloren. Aber Cerys gab die Suche nach einem groben Rundblick auf. Sie mußte sehen, was Nick tat, Cora konnte sie auch noch nach dem Auftritt suchen.
Nick kündigte den nächsten Song an, und während er das tat, zog er langsam sein hautenges dunkelbraunes Hemd aus. Achtlos ließ er es hinter sich fallen.
Cerys hielt den Atem an. Er war göttlich. Der marmorweiße, schmächtige Körper raubte ihr fast den Verstand. Der Wunsch ihn anzufassen, wurde unerträglich.
Mit geschlossenen Augen begann Nick zu singen.
Und dort war noch jemand im Publikum, der die Augen schloß und Nicks Stimme in sich eindringen ließ. Er sprang in die tosenden Wellen, verschwand, ließ sich mitreißen und treiben und wurde eins mit dem Meer.

Glücklich sprang Nick die letzten Stufen hinunter. Ray und John umarmten ihn sofort heftig. Der Applaus hinter ihm war noch nicht verebbt.
»War das cool?!«
»Phänomenal«, stimmte Julian ein und lachte ausgelassen. Er sah, wie Nick schwankte. »Alles okay?«
»Ja, ja – aber ich bin total fertig.«
Julian griff nach seinem Arm. »Nicht, daß du hier hinschlägst.«
»Danke.« In der Tat fühlte er sich etwas benebelt und stützte sich schwer auf seinen Gitarristen. Mit einem Blick bedeutete Julian John, daß er mit anfassen sollte, und gemeinsam brachten sie Nick zum Backstage-Raum. Rob hatte sich schon niedergelassen, eine Dose Bier in der Hand.
»Na, alter Kämpfer, hast dich wieder verausgabt, hä?«
Nick streckte ihm die Zunge heraus. »Du tust ja auch nichts, du Fettsack.«
Rob lachte dröhnend. Ihn als fett zu bezeichnen, war pure Übertreibung, aber gegen Nick sah er wirklich aus wie ein Bär.
Als Nick endlich saß, zog er sich langsam das T-Shirt aus, das er sich im Laufe des Gigs angezogen hatte. Es war klitschnaß geschwitzt. Ray warf ihm ein Handtuch zu.
»Da sind einige Mädels, die hier unbedingt reinwollen.« Er grinste hinterhältig.
»Wollen die ficken?« fragte John und lächelte böse.
Nick winkte ab. »Kann ich nicht mehr.«
Sie lachten.
»Nein, die wollen ’nen Interview, oder was.«
»Ja, okay, reinlassen, aber bitte erst, wenn ich wieder einigermaßen normalisiert bin.« Er fuhr sich mit beiden Händen durch das schwarze Haar.
»Wann bist du schon normal?« fragte Julian.
Nick lachte. »Ich hoffe, das war ein Kompliment.«
Ray kehrte mit fünf Mädchen zurück. Sie waren wild,

aufgekratzt, fast hysterisch. Die angespannte Atmosphäre sprühte förmlich aus ihnen heraus. Wahrscheinlich betrunken und auf Dope. Trotzdem – sie hatten es geschafft. Er bedeutete ihnen Platz zu nehmen und nahm auch die Vorstellung in die Hand.
Nick betrachtete sie abschätzend. Sie mußten alle so um 18 sein, zwei von ihnen machten ein Fanzine. Die anderen wollten Weiß-Gott-Was. Er interessierte sich nicht dafür.
Freundlich beantwortete er die Fragen, die sie ihm stellten und bemerkte dabei die wundervollen grünen Augen des Mädchens, das ihm gegenübersaß. Eigentlich war es gar nicht so schlecht, daß sie hier waren. Wenigstens eine Abwechslung... Außerdem wurde man immer herrlich *beweihräuchert.*
Rick – der Gitarren-Techniker – trat in den Backstage-Raum und winkte Nick zu. Dieser stand auf, bemerkte, daß er noch immer benommen war. Auch Julian sah, daß er schwankte und war mit einigen schnellen Schritten bei ihm.
»Geht's?«
»Klar. – Kannst du mir wohl bitte einen Pullover aus der Tasche holen?«
Rick nickte, ließ Nick los, vergewisserte sich, daß der stehenblieb und zog dann einen schwarzen Pullover und ein T-Shirt aus Nicks alter Sporttasche. Er reichte ihm beides.
»Draußen steht ein unglaublich süßer Typ. Er ist so vernarrt in dich. Hat mich angebettelt, ob er nicht reinkommen darf. Und seine Augen, die leuchten ...«
Nick grinste, als er sich den Pullover über den Kopf zog. »Seit wann stehst du auf Männer?«
Rick schüttelte den Kopf. »Tu ich ja nicht. Aber bei so einem Früchtchen kann man schon schwach werden ...«
»Warte, ich komm mit. Diese Mädels sind nicht so mein Geschmack.«
Rick musterte sie kurz und zuckte dann mit den Schultern. »Ich find sie sehr knackig, vor allem die mit dem Minirock

und den hohen Stiefeln...«
»Goth ladies«, sagte Nick lächelnd.
Als er die Tür öffnete und um die Ecke ins Halbdunkel des Saales trat, sah er ihn sofort. Es war der Süße, den er während des Auftritts geküßt hatte. Der Saal hatte sich kaum geleert, doch glücklicherweise fiel er nicht vielen Leuten auf. Schüchtern kam der Junge näher. Er war hinreißend mit seinen schwarzen Haaren, den auffallend geschminkten Augen und den schwarz lackierten Fingernägeln. Nick lächelte ihn an.
»Hi, du wolltest mit mir sprechen? – Wie heißt du?«
»Daniel«, sagte er mit einer weichen Jungenstimme. »Ich... ich wollte mich bedanken... für das superschöne Konzert... und dafür, daß du lebst und so wundervolle Songs schreibst.«
Nick lachte leise. Er sah, daß Daniel völlig verunsichert war.
»Komm, laß uns irgendwo hingehen, wo man sich besser unterhalten kann.«
Daniel nickte selig. Vertraut schlang Nick den Arm um ihn und zog ihn mit sich mit. Er spürte, daß Daniel vor Aufregung zitterte. Mittlerweile wunderte er sich nicht mehr über so etwas. Für ihn gehörte das schon fast zum Alltag.
Nick wußte, daß ihn jetzt Leute anstarrten, aber das war ihm egal. Er war ganz gespannt auf seinen neuen Fang, den er im Arm hielt.
Auch Cerys beobachtete, wie er mit dem hübschen Jungen im Arm verschwand. Hastig drängelte sie sich durch die Menge und verließ den Saal. Sie sah gerade noch, wie beide in den Tourbus stiegen. Die Tür schloß sich hinter ihnen, und Cerys überkam das irrationale Bedürfnis, zum Bus rüberzulaufen, an die Tür zu hämmern um reingelassen zu werden. Verrückt! Sie war einfach zu alt für sowas. Langsam drehte sie sich um und begann mit ihrer Suche nach Cora. Die Enttäuschung brannte in ihrem Gesicht.

Nick drückte Daniel in einen der Sitze. »Bier?«
Daniel zögerte. »Habt ihr auch was Härteres hier?«
Nick lachte humorlos. »Ja, ich schätze, alles.«
»Wodka?«
Nick kniete sich vor den Kühlschrank und zog eine angebrochene Flasche heraus. Er selbst nahm sich eine Cola.
»Du nicht?« fragte Daniel überrascht und nahm die Flasche entgegen.
Nick starrte ihn düster an. »Die Presse schreibt zwar jede Menge Scheiß, aber ausnahmsweise haben sie nicht gelogen, als sie schrieben, daß ich nicht mehr trinke.«
»Gar nichts mehr?« Ungläubig starrte Daniel ihn an.
Nick schüttelte den Kopf. »Trotzdem cheers.« Er hob die Cola-Dose andeutungsweise und sah zu, wie Daniel die Flasche an den Hals setzte. Er ließ es zu, sollte der Kleine sich ruhig Mut antrinken. Vielleicht würde er ihn noch brauchen ...
Langsam setzte er sich ihm gegenüber. »Erzähl mir was von dir.«
Daniel starrte ihn an. »Tja, wo soll ich anfangen. Ich bin immer noch total... durcheinander, daß ich jetzt mit dir hier so sitze. Irre...«
»Wo wohnst du? Mußt du heute noch nach Hause fahren?«
»Ich... nein, ich wollte eure nächsten zwei Konzerte auch sehen. Bin mit dem Zug. Aber ich weiß noch gar nicht, wo ich übernachten soll. Ich habe Bekannte... die sind auch hier. Die wollte ich eigentlich mal fragen. – Morgen spielt ihr ja nicht.«
Nick sah in die hübschen, schwarz umrandeten Augen. Die dichten Wimpern wirkten weiblich. Ein warmer Schauder jagte über seinen Rücken. Fast schmerzhaft spürte er die Lust in seinen Lenden.
Mit seiner langen, schmalen Hand faßte er Daniel in den Nacken und zog ihn zu sich heran. Ihre Lippen trafen sich. Nick schmeckte den Wodka, als er seine Zunge in Daniels Mund schob. Welch unendliche Süße...

Daniel drängte seinen Körper an Nicks, er war heiß. Nick schob ihn weiter auf die Sitze, so daß er ihn mit seinem Gewicht unter sich begrub. Daniels Hände brannten auf seiner nackten Haut. Nur mühsam löste Nick sich von dem Jungen. Er sah ihm in die Augen und erkannte, daß Daniel zu jung war. Doch er konnte nicht verhindern, daß ihm die Frage über die Lippen kam.
»Willst du heute nacht bei mir bleiben?«
Daniel starrte ihn mit großen Augen an. »Die ganze Nacht?«
Nick lachte leise. »Glaubst du, ich wollte dich hier im Bus vögeln und dann auf die Straße setzen?«
Daniel fixierte ihn. Unsicher, wie Nick fand. Vielleicht hatte er es auch noch nie vorher getan? Sanft küßte er Daniels weiche Haut, fuhr mit der Zunge die Linie des schmalen Halses entlang.
»Sag bloß nicht nein, du Süßer«, flüsterte er.
Daniel stöhnte leise. »Das könnte ich gar nicht.«
Nick spürte, wie Daniel ihm wieder zwischen die Beine griff. Er versuchte, sich unter Kontrolle zu bringen.
»Nicht hier. Die anderen können jederzeit hier herein.« Er stützte sich mit beiden Händen ab und stand auf. Darüber, daß der Kleine ihn so wild machte, mußte er grinsen.
Er fischte unter einigen Kleidungsstücken ein Handy hervor und wählte eine Nummer. Aus den Augenwinkeln sah er, daß Daniel die Wodka-Flasche wieder an den Hals gesetzt hatte.
»Fährst du mich ins Hotel? Ich bin im Bus.«
Er wandte sich wieder an Daniel. »Hast du 'ne Tasche oder sowas?«
Daniel nickte. »Im Club.«
»Dann hol sie. Ich erwarte dich vor dem Eingang im Auto.«
Daniel quälte sich aus dem Sitz, nahm noch einen Schluck und kletterte an Nick vorbei aus dem Bus.
Der brauchte einen Moment, um sich wieder zu beruhigen. Er hatte das Gefühl, das Adrenalin des gelungenen Auftrittes rauschte noch durch seine Adern. Und dieser Junge brachte

ihn um den Verstand. Wie süß sein Atem war...
Er packte einige Kleidungsstücke zusammen, die achtlos im Bus herumflogen.
Es dauerte nicht lange, da klopfte Phil, ihr Manager, an die Bustür. So heftig, es konnte nur Phil sein.
Nick kletterte aus dem Bus, grinste Phil an und stieg in die große Mercedes Limousine, die auf ihn wartete. Seufzend ließ er sich auf die weichen schwarzen Ledersitze sinken. Phil stieg vorn ein und drehte sich um.
»Fährst du allein?«
»Nein. Am Eingang des Clubs wartet hoffentlich meine Begleitung.« Jetzt lachte er leise. Daniel würde mit Sicherheit warten.
Phil schüttelte den Kopf. Noch ungläubiger allerdings sah er aus, als Daniel schließlich einstieg und es sich neben Nick bequem machte. Phil konnte es nicht nachvollziehen, daß Nick *das* tat, aber er hielt den Mund.
Schweigend fuhr er Nick mit seiner neuen Errungenschaft zum Hotel. Sie waren bereits bekannt, auch wenn sie noch nie einen besonders positiven Eindruck hinterlassen hatten. Nick erinnerte sich an völlig zerstörte Hotelzimmer, Orgien und verdammt viel Ärger. Er selbst hatte damit nichts zu tun, oder zumindest relativ wenig. Aber vielleicht erinnerte er sich auch nicht an alles ...
Doch sie durften immer wieder kommen, Gott allein wußte, warum. Schon nach den ersten Möbeln, die Julian aus dem Fenster auf die Straße geworfen hatte, hatte Nick mit einem Hausverbot gerechnet.
Wahrscheinlich war es Phil zu verdanken, daß sie noch immer geduldet wurden.
Er schlang den Arm um Daniel und spürte dessen Unsicherheit und den leicht schwankenden Gang des Angetrunkenen. Sie folgten Phil in das reservierte Zimmer.
»Julian, Ray, John und Rob werden in den Zimmern gegenüber und nebenan übernachten. Ich hoffe, sie

übertreiben es nicht heute nacht.«
»Wir haben morgen keinen Auftritt«, erinnerte ihn Nick. Doch seine Stimme klang abwesend, und Phil sah, daß seine Augen ausschließlich auf den Jungen gerichtet waren.
»Ich weiß. Aber das heißt nicht, daß wir die letzten Konzerte absagen, weil sich einer im Suff das Bein gebrochen hat, oder so 'ne Scheiße.«
Nick zuckte mit den Schultern und ließ Daniel los. »Frühstück?«
»Bis 10.00 Uhr.«
Nick stöhnte. »Gibt's hier 'n Zimmerservice?«
Phil seufzte. »Nick, du bist schon 100 Mal hier gewesen – daß du dich nicht erinnern kannst...«
Nick schaute sich im Zimmer um und stellte seine Tasche ab. »Also, das übliche Frühstück, aber wenn die vor halb zehn hier stehen, bringe ich sie um.«
Gottergeben nickte Phil. Er hatte keine Lust mit Nick zu streiten. Mit einem kurzen Nicken verabschiedete er sich.
»Willst du duschen?« fragte Nick und deutete auf die geöffnete Badezimmertür.
Daniel war schon betrunken. Außerdem konnte er bei dem gedimmten Licht nicht viel erkennen. Er zuckte mit den Schultern und ließ die Tasche fallen.
Mit einem großen Schritt war Nick bei ihm.
»Weißt du, ich glaube, ich kann nicht länger warten. – Wir duschen später ...« Er schlang die Arme um Daniels schlanken Knabenkörper und zog ihn mit sich. Ein unbändiges Verlangen ergriff von ihm Besitz.
Daniel stolperte etwas unbeholfen, doch er fühlte sich großartig. Vielleicht war das alles ein bißchen unheimlich, daß er jetzt mit Nick allein war. Vielleicht war das alles nur ein Traum?! Aber diese Hände auf seinem Körper fühlten sich verdammt real an. Absolut göttlich real.
»Los, Süßer, zieh dich aus. Sei nicht so passiv.« Nicks Stimme drang in sein Gehirn wie eine Droge, weich und unentrinnbar.

Daniel begann sich auszuziehen, und Nick konnte seinen Blick nicht abwenden von der atemberaubenden Schönheit dieses jungen Körpers. Die Lust drohte ihn zu überwältigen. Schmerzhaft zog sie sich in seinem Körper zusammen und ließ ihn erschaudern.

Daniel ließ sich von Nick auf das große Bett ziehen, er fiel fast darauf. Nick lachte leise.

»Mein Gott, bist du voll.«

Daniel starrte ihn aus glasigen Augen an. Er fühlte sich wunderbar schwer, hatte den Eindruck kaum die Hand heben zu können. Nicks Berührungen waren göttlich. Sie hätten nicht besser sein können, wenn er nüchtern gewesen wäre. Langsam drehte er sich, so daß er Nick in die Augen schauen konnte. Dann begann er ihn zu küssen, er bedeckte ihn mit Küssen, mit süßen, feuchten Küssen, die Nick erschaudern ließen.

Fast hektisch zog Nick seine eigene Hose aus, genoß Daniels warme Hand auf seinem Schwanz. Er stöhnte leise und schloß die Augen. Öffnete sie erst wieder, als er bemerkte, wie sich Daniels heißer Mund um ihn schloß.

»Ja, das ist gut«, stöhnte er. »Hör bloß nicht auf damit.«

Daniel leckte ihn vorsichtig, saugte sanft an der empfindlichen Spitze.

Nick griff in sein volles Haar und hielt seinen Kopf fest. Langsam bewegte er ihn, zeigte ihm seinen Rhythmus.

Doch Daniel trieb ihn damit zum Höhepunkt, eher, als ihm lieb war. Er zog ihn wieder zu sich hoch, so daß er ihm in die Augen sehen konnte. Speichel lief an Daniels Kinn entlang. Er grinste.

»Weißt du, ich glaube, ich sollte das nicht tun, Süßer. Du bist zu jung, zu betrunken – du vergötterst mich. Ich nutze dich aus, das ist schlecht.«

Daniel wischte sich den Speichel vom Kinn und küßte Nick leicht auf die Wange.

»Bis jetzt war es hervorragend. Nutz mich ruhig weiter aus,

mir gefällt das«, flüsterte er Nick ins Ohr.
Nick fuhr mit seinen schlanken Fingern über Daniels Rücken, an seinem Rückgrad entlang.
»Hast du es schon einmal getan, mein Süßer? Ich meine, so richtig.«
Daniel küßte ihn sanft. Eine Wolke aus warmem Atem und Wodka umhüllte Nick.
»Und wenn nicht? Wäre das schlimm?«
Nick seufzte. »Heißt das nein?«
»Schmeißt du mich jetzt raus?«
Nick lächelte sanft. »Warum antwortest du mir nicht?«
Daniel schlang seine Arme um Nick, massierte seinen Rücken und biß ihm sanft in den Hals.
»Ich... bitte, ich wünsche es mir so sehr.« Seine Stimme war so leise, kaum mehr als ein Flüstern.
Nick feuchtete seine Finger mit etwas Speichel an und ließ über Daniels Rücken gleiten, tiefer – bis Daniel den Atem anhielt. Dann drang er in ihn ein.
Daniels Augen weiteten sich vor Schmerz, er stöhnte auf. Doch dieses Stöhnen erregte Nick, es hörte sich so richtig an.
»Willst du das wirklich? Gott, du bist so jung – kannst du das überhaupt ertragen?« Nicks Stimme war rauh, ungezügelt. Es kostete ihn alle Überwindung, es nicht einfach zu tun.
»Ja... bitte Nick.«
Nick hörte die Angst in Daniels Stimme, doch auch die Lust – das Begehren, es endlich zu tun. Daniel löste sich von ihm und legte sich auf den Bauch. Er zitterte unübersehbar.
Nick war hin- und hergerissen. Er wollte ihm nicht wehtun, aber er wollte ihn jetzt haben. Er konnte nicht mehr warten. Er war so gierig, daß es schmerzte.
Nick umschlang Daniels schmale Taille mit einem Arm und zog ihn ein wenig hoch.
»Wenn du dich so anspannst, wird es höllisch wehtun«, sagte er liebevoll. Er spürte Daniels rasendes Herz, seinen stoßweisen Atem.

Er bereitete ihn vorsichtig mit den Fingern vor und war froh, daß er die Gleitcreme und die Kondome griffbereit in seiner Tasche hatte. Doch als er langsam in Daniel eindrang, löste sich ein erschrockener Schrei von dessen Lippen.
„Es tut mir leid“, keuchte Nick.
Zögernd bewegte er sich in Daniel, versuchte, nicht grob zu sein. Er spürte die Enge und wußte, daß es sehr schmerzhaft für ihn war. Sanft strich er über seinen angespannten Rücken, bis er bemerkte, daß Daniel sich beruhigte.
Daniels rauhes Stöhnen erregte ihn, und auch das Wissen um den Schmerz, den der Junge für ihn aushielt. Er spürte, wie er kam. Mit einer letzten langsamen Bewegung schob er sich tiefer in den zierlichen Körper hinein – und dann fühlte er nichts mehr außer wohlige Wärme und eine befreiende Leichtigkeit.
Als die Nachwehen seines Höhepunktes abgeebbt waren, zog Nick sich aus Daniel zurück und umarmte ihn heftig. Er spürte dessen tränennasses Gesicht an seiner Wange. Hörte das leise Schluchzen.
Leise sagte er: »Wenn du das gewußt hättest, hättest du es nicht getan, was?«
Daniel sah ihn an. Verlegen wischte er die Tränen aus den Augen.
»Doch, natürlich. Ich wollte es. – Es tut mir leid... ich kann Schmerzen nicht gut ertragen. – Bist... bist du jetzt böse?«
Nick lachte leise. »Spinner.«
Zärtlich streichelte er Daniels unbehaarten Bauch, ließ seine Hand tiefer wandern, bis er Daniels aufgerichtetes Geschlecht umfaßte. Leicht biß er ihm in die Wange.
»Hat es dir schon einmal jemand mit dem Mund gemacht?«
Daniel erstarrte. »Nein.« Und als Nick sich zu ihm herunterbeugte, seine heißen Lippen ihn umschlossen, sagte er hastig: »Nein, Nick – du mußt das nicht tun.«
Nick wandte ihm den Kopf zu und grinste. »Ich würde es auch nicht tun, wenn ich es müßte. – Los, leg dich hin. Laß mich

dich ein bißchen verwöhnen.«
Daniel brauchte nicht lange, um zum Orgasmus zu kommen. Nick war sehr geschickt, er wußte offensichtlich, was er tat. Und trotz des unglaublichen Gefühls, was sich seiner bemächtigte, kam Daniel die Situation irgendwie eigenartig vor. Vielleicht lag das daran, daß er sich wieder vollkommen nüchtern fühlte.
Verlegen sah er Nick an. »Ist das nicht normalerweise umgekehrt mit den blow jobs?«
Nick lachte. »Ja, meistens. Ich habe aber noch keine Vorschriften dazu gesehen. Abgesehen davon ist es für mich vermutlich eh strafbar mit dir solche Dinge zu machen, oder?«
Daniel schwieg.
Als Nick aufstand, zog er den Jungen mit aus dem Bett.
»Komm – eine Dusche schadet uns – glaub ich – beiden nicht.«
Daniel schwankte noch immer bedenklich, als Nick ihn hinter sich her ins Badezimmer zog.
Nick grinste. »Bist du voll oder hast du weiche Knie?«
Daniel wurde rot und versuchte sich zusammenzunehmen. Aber er hatte wirklich Koordinationsschwierigkeiten.
Erschöpft lehnte er sich an die kühlen weißen Fliesen und ließ sich von Nick einschäumen. Das heiße Wasser und Nicks sanfte Berührungen bildeten eine exquisite Mischung auf seiner Haut.
»Wo sind eigentlich Julian, John und die anderen?«
Nick runzelte die Stirn. »Die werden früher oder später auch hierher kommen. Manchmal pennen sie auch im Bus – wenn sie's nicht mehr bis zum Hotel schaffen.« Er grinste noch breiter.
»Ich habe mal was von... Orgien gehört ...« Daniel errötete. »Ich meine, die Journalisten schreiben ja viel, aber – ist das wahr?«
Nick lachte leise. »Ich weiß nicht, wie ich dieser Frage ausweichen soll. Reicht dir das als Antwort?«

Daniel nickte verunsichert.
»Hey, du schaust immer, als wollte ich dich auffressen.«
Daniel zog eine Grimasse und schlang die Arme um Nick.
»Wahrscheinlich träume ich das alles nur, aber es ist der schönste Traum meines Lebens.«

Daniel erwachte mit einem gewaltigen Brummschädel. Er hörte Nicks warme, dunkle Stimme und schlug die Augen auf. Nick saß nur mit einer Jeans bekleidet auf einem der Sessel, auf den Beinen eine Akustik-Gitarre.
Er sang leise, eindringlich – einen Song, den Daniel noch nie zuvor gehört hatte.
Wie gebannt hörte er zu, ließ sich vom warmen Vibrieren der Stimme davontragen. Bis Nick aufhörte zu spielen.
»Bist du wach?«
Daniel räusperte sich. »Ja.«
»Wie fandest du den Song?«
»Total schön.«
Nick lachte leise. »Vielleicht bist du nicht der richtige Ansprechpartner, wenn's um Kritik geht. – Komm, steh auf. Ich hab dir was vom Frühstück übrig gelassen.«
Daniel streckte sich noch einmal und begann dann, sich langsam aus dem Bett zu quälen. In seinem Kopf hämmerte es wie auf einer Baustelle. In seinem Bauch rumorte es unangenehm, und der Gedanke an ein Frühstück ließ ihn zusammenzucken.
Nick beobachtete ihn. »Los, du ißt jetzt was! Sonst fühlst du dich den ganzen Tag lang schlecht.«
»Hast du was gegen Kopfschmerzen?«
Nick stand auf und verschwand im Bad. Nach kurzer Zeit kehrte er zurück und drückte Daniel zwei Tabletten in die Hand.
»Aspirin.«
Daniel sah ihn durchdringend an. »Hast du auch was

anderes?«
Nick schüttelte den Kopf. »Iß was – dann geht's dir gleich besser.«
Daniel seufzte und stand auf. Er fühlte sich elend, trotzdem zog er sich eine Hose an und setzte sich zu Nick an den Tisch.
»Was hast du heute vor?«
Erstaunt sah Daniel ihn an, während er sich einen Kaffee eingoß. »Nichts, wieso?«
»Wir fahren erst in der Nacht weiter nach Oxford. Heute haben wir sozusagen unseren freien Tag, und ich wollte mir Edinburgh ansehen. Hast du Lust mitzukommen?«
Daniel nickte begeistert, was eine neuerliche Schmerzwelle in seinem Kopf hervorrief.

Es nieselte leicht, der Wind war nicht sehr kalt, aber unangenehm und drang durch Cerys' Kleidung. Sie stellte sich unter das kleine Vordach des Eingangs und lehnte sich gegen die Wand.
Es war noch früh am Nachmittag, doch sie hatte die Spannung nicht mehr ausgehalten.
Die NIGHTCRAWLERS spielten heute im Zodiac in Oxford. Und Cerys war viel zu aufgeregt gewesen, um länger in ihrer Wohnung zu warten. Noch war sie allein, doch es würde nicht lange dauern, dann würden sich die anderen einfinden.
Gesichter, die sie bereits kannte und Leute, mit denen sie nie ein Wort gewechselt hatte, obwohl sie sie schon seit einiger Zeit begleiteten.
Cerys dachte darüber nach, warum sie das alles tat. Aber es war ihr klar, daß der einzige Grund Nick war. Und Nick war für viele andere ebenfalls der Grund all diese Strapazen auf sich zu nehmen und die Tour der NIGHTCRAWLERS zu begleiten.
Sie schlug den Kragen ihrer Lederjacke hoch und horchte in den Club hinein. Waren sie bereits beim Soundcheck? Sie ärgerte sich, daß sie nicht die Dreistigkeit besaß, einfach hineinzugehen.
Als sie ihr Zopfband löste, um sich die langen blonden Haare zu bürsten, hörte sie ein Geräusch.
Die Tür öffnete sich und heraus trat – Nick. Cerys hielt den Atem an. Was sollte sie jetzt bloß sagen? Er war ihr Idol, ein Halbgott. Also, was um alles in der Welt sollte sie sagen?
Nick stand direkt vor ihr und blinzelte ins Tageslicht. Er war ungeschminkt, seine schwarzen Haare standen in allen Richtungen vom Kopf ab.
Cerys war bewußt, daß sie ihm *im Weg* stand – sie mußte jetzt etwas sagen, oder zur Seite gehen.
Also sagte sie: »Hallo.«
Nick blinzelte sie an. Ein müdes Lächeln breitete sich auf

seinem angestrengten Gesicht aus.
»Hallo. – Wartest du auf wen?«
Cerys runzelte die Stirn. Was für eine Frage! Sie nahm sich zusammen.
»Klar warte ich – auf euch. Was meinst du denn?«
Nick lachte. »Na, da fühle ich mich ja gleich geehrt.«
Er sah so müde aus, so erschöpft mit seinen dunklen Augenringen.
Wahrscheinlich wartete er jetzt einfach darauf, daß Cerys ihm aus dem Weg ging. Seufzend trat sie einen Schritt beiseite.
Er streifte sie leicht, als er an ihr vorbeiging. Nach zwei Schritten drehte er sich um.
»Du standest vorgestern in der ersten Reihe, nicht wahr?«
Cerys nickte erstaunt. *Neben deinem blutjungen Lover*, fügte sie stumm hinzu.
»Wie heißt du?«
»Cerys.« Ihre Kehle war trocken.
Er nickte, drehte sich um und entfernte sich Richtung Tourbus.
Cerys blieb zurück, ihre Knie zitterten.

Cerys stand in der ersten Reihe, als das Konzert begann. Sie hatte einige blaue Flecke und wäre fast in eine Schlägerei verwickelt worden. Glücklicherweise hielten sich diese Idioten jetzt weiter hinten auf, dachte sie mit einem mulmigen Gefühl. Das war knapp gewesen.
Die dunkle Menge johlte. Das Konzert nahm einen fantastischen Verlauf.
Nick hüpfte einige Male auf und ab wie eine gespannte Feder. Die Stimmung war hervorragend, ausgelassen. Nick sah zu Ray – Gitarrensolo. Der sprang frenetisch in die Höhe, griff in die Saiten seiner PRS und produzierte einige kreischende Akkorde.
Nick lachte ausgelassen, und während er tanzte, sah er plötzlich aus den Augenwinkeln, daß Ray verschwunden war. Er war einfach weg!
Augenblicke später hörte er auch den Aufprall der Gitarre. Verdammt – Ray war einfach seitlich von der Bühne gefallen!
Nick versuchte einen aufkeimenden Lachanfall zu unterdrücken. Gleich kam wieder ein Gesangspart. Er schaute zu Julian hinüber und sah, daß auch dieser sich schüttelte vor Lachen.
Nick keuchte. Wenn Ray jetzt wieder auf die Bühne kletterte, würde er vermutlich zusammenbrechen. Wieso um alles in der Welt, war er überhaupt abgestürzt? – Es war zum Schreien!
Nur mühsam schaffte Nick seinen Einsatz. Es kostete ihn alle Kraft, seine Stimme unter Kontrolle zu halten, denn immer wieder stahl sich dieses Grinsen in sein Gesicht.
Glücklicherweise betrat Ray die Bühne erst wieder am Ende des Songs. Doch sein Ist-was-passiert-Gesichtsausdruck brachte Nick wieder aus der Fassung. Lachend versteckte er sich hinter einer der großen Baßboxen.
Als er sich erneut einigermaßen unter Kontrolle hatte, kündigte er den nächsten Song an. Er ließ seinen Blick über die Gesichter in der ersten Reihe schweifen und erkannte

Daniel und das Mädchen, das er am Nachmittag gesehen hatte – Cerys.
Und aus irgendeinem Grund blieb er für einen Moment an ihr hängen. Sie bemerkte, daß sein Blick auf ihr ruhte, und ihr Herz machte einen kleinen Aussetzer.
Nach dem Auftritt wartete sie nervös an der Tür zum Backstage-Bereich. Heute wollte sie Nick unbedingt abpassen. Doch eigentlich rechnete sie sich keine großen Chancen aus – sie hatte den Jungen, mit dem Nick vorgestern im Tourbus verschwunden war, schon erspäht.
Er sah wundervoll aus, zierlich und weiblich. Und Cerys vermutete, daß er sehnsüchtig auf Nick wartete.
Ein Geräusch riß sie aus ihren Gedanken, es war die sich öffnende Tür direkt vor ihr. Cerys stolperte einen Schritt zurück, um nicht getroffen zu werden. Ray trat heraus und sah sie erstaunt an.
»Entschuldigung, habe ich dich getroffen?«
»Nein«, sagte Cerys schnell. »Ähm... ist Nick noch da drin?«
Ray nickte grinsend. »Geh ruhig rein, geradeaus und dann die zweite Tür rechts, da sitzen wir alle.«
Einladend hielt er Cerys die Tür auf.
Einen winzigen Moment lang zögerte sie, dann trat sie mutig ein. Die Tür fiel hinter ihr zu, und sie war allein.
Der Gang war schmal und recht dunkel, nicht besonders einladend, aber Cerys hörte bereits die Stimmen aus einem der hinteren Räume.
Sie atmete tief durch und ging den Gang entlang. Gedämpftes Lachen scholl ihr entgegen.
Sie verlangsamte ihre Schritte, legte sich die Worte zurecht, die sie gleich sagen wollte. Dann öffnete sie die Tür.
Julian, John, Rob und Nick saßen um einen Tisch herum, einige der Techniker erkannte Cerys, zwei Mädchen, die sie während des Konzerts bereits gesehen hatte und der hübsche, feminine Junge.
Als sie eintrat, drehte sich Nick zu ihr um.

»Hallo – Cerys war dein Name, oder? – Möchtest du dich zu uns setzen?«
Sie starrte ihn stumm an und nickte, suchte in ihrem Hirn nach den Worten, den wundervoll passenden Worten, die sie eben noch gewußt hatte. Aber es war vergeblich.
Julian grinste sie an, als sie sich neben ihn auf die Couch zwängte.
»Bier?«
»Ja, danke.« Sie versuchte ein Lächeln, was auch ganz akzeptabel gelang. Julian stand auf und holte ihr eine Flasche.
Nick sah zu ihr hinüber und lächelte. »Hat dir das Konzert gefallen?«
»Ja, es war fantastisch«, sagte Cerys leise. »Aber, was ich viel wichtiger finde – hat es dir gefallen?«
Nick grinste. »Ja, es war mit Abstand der lustigste Gig, den wir in der letzten Zeit hatten.«
Julian lachte. »Dank Ray – wo ist er überhaupt?«
»Er ist mir eben entgegen gekommen«, sagte Cerys.
John und Julian sahen sich an und nickten wissend. Doch Cerys hatte keine Ahnung, was diese Blicke bedeuteten. Bis Ray zurückkam, mit zwei sehr hübschen jungen Mädchen. Sie himmelten ihn an, verschlangen ihn fast mit ihren Blicken.
Cerys sah zu Nick hinüber, doch der schien ihrem fragenden Blick auszuweichen.
»Kommst du gleich noch ins Blue Cave? Da ist die Aftershow-Party von unserem Gig. Ich habe wieder mal keine Ahnung, wer das angeleiert hat, aber was soll's? Spaß macht's bestimmt.« Julian lächelte sie aufmunternd an.
Warum eigentlich nicht, dachte Cerys und nahm ihren ganzen Mut zusammen, um zu fragen: »Nick, kommst du auch noch dahin?«
Der zuckte mit den Schultern. »Ja, schätze schon. Ist ja nur hier um die Ecke.«
Cerys bemerkte erst jetzt, daß die beiden Mädchen, die schon vorher dort saßen, sie mit ihren Blicken fast erdolchten. Doch

das stärkte ihr Selbstbewußtsein lediglich.
Bald standen Ray und Julian auf und drängten, daß sie alle gemeinsam zur Party gehen sollten. Nick seufzte, doch auch er erhob sich.
Gemeinsam verließen sie das Zodiac, um ins Blue Cave zu gehen. Es war schon sehr voll, die Luft war beißend, geschwängert von Alkohol und Zigarettenqualm.
Und schon bald hatte Cerys Nick aus den Augen verloren.

Es dauerte nicht lange, da berührte jemand Nick sanft am Arm. Nick drehte sich um.
»Chris.«
Er hatte seine dunkelbraunen lockigen Haare auf wenige Zentimeter Länge zurechtgestutzt. Seine braunen Augen sahen, wie immer, herrlich unschuldig aus. Chris lächelte leicht, entblößte eine Reihe kleiner, gleichmäßiger Zähne.
»Nick. Schön, daß du mitgekommen bist. Ich bin extra nur wegen dir hierhergekommen.«
Nick lachte. »Du lügst.«
Chris sah ihn lange an. »Vielleicht hast du recht.« Erst jetzt sah Nick die Kamera um Chris' Hals hängen. Es war eine Pentax in unauffälligem Design.
»Was erwartest du hier für Motive?«
Chris zuckte mit den Schultern. »Ich bin Photograph, ich gehe nie ohne Kamera aus dem Haus.«
Chris bot ihm eine Zigarette an und beobachtete, wie Nick sie zwischen seine Lippen schob. Dann gab er ihm Feuer.
»Ich mag keine Aftershow-Parties«, sagte Chris leise. Er sah Nick an. Zwischen den beiden herrschte ein stilles Einverständnis. Es war zu voll und zu warm. Nick mochte es nicht, ständig angesprochen zu werden. Es waren nicht nur viele Fans sondern auch viele andere Musiker – und natürlich Journalisten – da. Das war klar, wenn die NIGHTCRAWLERS in England spielten. Nick mochte es nicht, so bekannt zu sein.
Langsam folgte er Chris in den hinteren Bereich des Clubs. Es war ziemlich düster in den Gängen – der richtige Ort für solche Freaks – er schloß sich selbst mit ein. Obwohl er die Dunkelheit nicht mochte. Sie verunsicherte ihn.
Vor ihm öffnete Chris eine Tür und schaltete das Licht an. Es war ein erstaunlich sanftes Licht, wie Nick feststellte.
Chris wartete, bis Nick eingetreten war, dann schloß er die Tür hinter ihm. Er trat sehr dicht an Nick heran, nachdem er

seine Kamera vorsichtig auf den Boden gelegt hatte.
Seine Hände berührten Nicks schmächtigen Körper, fühlten die Rippen durch das dünne, enganliegende Hemd. Er stöhnte leise, sehnsüchtig.
Nick starrte ihn an. Ganz langsam öffnete er sein Hemd, Knopf für Knopf. Er sah in Chris' Augen, daß dieser es kaum noch erwarten konnte.
Er atmete mit leicht geöffnetem Mund und strich mit beiden Händen über Nicks Seiten, hielt schließlich bei seinen Hüften an und umschlang sie fest.
Nick streifte das Hemd von seinen Schultern. Die blanke Lust, die in Chris' Augen stand, erregte ihn, wie die festen Hände an seinen Hüften.
Chris zog ihn zu sich heran, küßte die weiße glatte Brust, leckte gierig über die empfindlichen Brustwarzen, bis Nick erschauderte. Er spürte Chris' harten Schwanz an seinem Oberschenkel und biß ihm zärtlich in den Hals.
Chris hielt die Luft an, und seine Hand wanderte zwischen Nicks Beine. Ein nur allzu bekanntes Kribbeln kroch an Nicks Wirbelsäule hinauf, bis zum Nacken. Chris tat wunderbare Sachen dort zwischen seinen Beinen. Nick spürte, wie er weiche Knie bekam.
»Ja...« Er seufzte leise.
Chris starrte ihn an. »Soll ich's dir machen?«
Nick sah ihn aus halbgeöffneten Augen an. »Blow job?«
Chris grinste. Langsam drängte er ihn in eine Ecke, so daß er sich anlehnen konnte.
Nick schluckte, als Chris seinen Gürtel, dann seine Hose öffnete. »Wenn jemand reinkommt?«
Chris zuckte mit den Schultern und ließ sich vor Nick auf die Knie nieder. Der dachte daran zu protestieren, aber als Chris begann an seinem steifen Schwanz zu saugen, gab er sich ihm widerstandslos hin.
Er preßte sich hart an die Wand und genoß Chris' knetende Hände an seiner Rückseite.

Chris hielt einen Moment inne und schaute zu Nick auf.
»Gut?«
Der stöhnte. »Hör bloß nicht auf.«
Er sah, daß Chris grinste, als er Nicks ganze Länge in den Mund nahm.
»Nicht, daß du gleich kotzen mußt – das würde mir den Spaß verderben.«
Chris ließ wieder von ihm ab, um zu lachen. »Halt den Mund, Nick.«
Er schaute wieder an ihm hoch. Seine Hände glitten über Nicks Bauch. Langsam stand er auf.
»Du bist wunderschön«, flüsterte er. »Ich muß dich haben.«
Chris' Hände waren auf einmal überall. Fest griff er in Nicks schwarzes Haar.
»Nicht hier«, sagte Nick rauh. Aber er sah das wollüstige Funkeln in Chris' Augen, und er wußte, was das bedeutete.
In dem kargen Raum befanden sich lediglich einige Sessel, Stühle, ein schmuddeliger Tisch und ein Sofa. Nick stöhnte, er hatte nicht vor, sich von Chris auf einem schäbigen Tisch vögeln zu lassen.
Aber Chris schob ihn zum Sofa rüber. Mit einer Hand hielt Nick seine Hose fest, damit er nicht fiel, aber Chris achtete nicht darauf. Er drängte Nick, so daß dieser rückwärts stolperte. Ärgerlich blitzte er Chris an.
Der lächelte leicht. »Wenn du wütend bist, bist du noch hübscher.«
Er ließ seine Finger über Nicks Haut gleiten.
»Mein Gott – leg dich auf den Bauch, ich muß dich jetzt haben.«
Nick gehorchte etwas widerwillig.
Er spürte Chris' Gewicht auf sich, seine fordernden Hände trieben ihn in den Wahnsinn. Er vergaß alles um sich herum. Chris war gut – er wußte, was er tat.
Nick hörte, wie er sich ein Gummi überstreifte. Dann spürte er Finger, die ihn dehnten, und erst Minuten später schob Chris

sich langsam in Nick hinein.
Nick hielt den Atem an, trotzdem kam ein Stöhnen über seine Lippen. Chris biß ihm in den Nacken und bewegte sich vorsichtig in ihm.
Schweißtropfen bildeten sich auf Nicks Stirn und liefen an seinen Schläfen hinunter.
»Du bist nicht nur wunderschön, du hast auch noch einen geilen Arsch, der mich um den Verstand bringt«, flüsterte Chris über ihm.
Nick schwieg. Er spürte Chris' Hände auf seinem Rücken, an seinen Beinen, an seinem eigenen harten Schwanz.
»Gott, was würde ich dafür geben, dich leiden zu sehen, dich zu quälen.« Chris' Stimme war fast zu leise, doch Nick hatte sie gehört.
»Was?!«
Chris schob sich weiter in ihn hinein, so daß Nick die Luft wegblieb. Er fühlte Chris' heißen Atem an seinem Ohr, als dieser sagte: »Es wäre die allerhöchste Lust für mich, deinen wunderschönen Körper zu fesseln, und dich dann zu schlagen, bis deine marmorweiße Haut aufplatzt.«
Nick stöhnte. »Wag es nicht«, keuchte er.
»Du bist perfekt, Nick – ein Engel. Ich liebe deinen Körper.« Er umfaßte Nicks Schaft fest und drückte die Hand zusammen, bis Nick aufschrie.
Chris' Stimme war noch immer betörend, als er weitersprach. »Laß mich dich einmal fesseln und fertigmachen. Ich photographier' dich dann – und du bist alle Geldsorgen los. – Ich kann dir auch Stoff besorgen. Was du willst.«
Nick versuchte, Chris abzuschütteln.
»Wenn du das jemals mit mir tust, töte ich dich.«
Chris lachte leise, es war ein angenehmes Lachen. »Sei doch nicht so spießig.« Mit beiden Händen strich er über Nicks Rücken und brachte ihn dazu, sich wieder zu entspannen.
»Ich würde ein Kunstwerk aus dir machen.«
»Mir würde es schon reichen, wenn du mich kunstvoll ficken

würdest«, knurrte Nick.
Wieder lachte Chris.
»Ist ja gut. Ich gebe mein Bestes. Jedenfalls das, was ich in dieser Form hinbekomme.«
Mit beiden Händen hielt Chris Nicks schmale Hüfte umklammert, rammte seinen Schwanz nun schneller in ihn hinein. Sein Keuchen wurde angestrengter, aber gerade dieses Geräusch mochte Nick. Er wußte nicht, warum er das mit sich machen ließ. Verdammt, er kannte Chris schon zu lange für sowas.
Aber andererseits – er war nicht schlecht. Er verschaffte Nick ein unleugbares Vergnügen. Und das war jetzt alles, was ihn interessierte.
»Besser so?« hauchte Chris nahe bei seinem Ohr.
»Ja, ja...«, keuchte Nick angespannt.
»Hör auf so zu stöhnen... sonst komme ich sofort.« Chris versuchte, sein Tempo wieder zurückzunehmen. Aber die Lust trug ihn auf einer Welle davon. Er explodierte förmlich in Nick, sein unterdrückter Schrei hallte von den Wänden wieder.
Schwer atmend ließ er sich auf Nicks Körper sinken. So lagen sie eine Zeitlang schweigend aufeinander. Als sich Chris' erhitzter Körper ein wenig abgekühlt hatte, beendete er das, womit er vor einiger Zeit begonnen hatte. Er konnte Nick schließlich nicht leer ausgehen lassen...

2. Kapitel

Nick trug eine glitzernde Tiara in seinem schwarzen hochgestylten Haar. Die Tiara funkelte im grellen Licht wie ein Heiligenschein. Lächelnd kam er an den Rand der Bühne und ging leicht in die Hocke, um den Fans in der ersten Reihe die Hand zu schütteln.
Er fühlte sich gut, entspannt. Die Atmosphäre war atemberaubend. Neben Cerys drängten sich einige schwarzgekleidete Gestalten gegen die Absperrung. Sie schrien und johlten – Cerys fühlte die Zuneigung, die sie Nick entgegenbrachten.
»Der nächste Song ist für Leute wie euch«, sagte er lachend und deutete auf die Typen neben Cerys. Diese begannen ebenfalls zu lachen.
Cerys starrte Nick an und erkannte an seinem Lächeln, daß er noch wußte, wer sie war. Sie bemerkte, wie ihre Knie anfingen zu zittern. Diese großen, wissenden Augen brachten sie immer ganz aus der Fassung.
Nach dem Konzert wartete sie mit einigen anderen vor dem Backstage-Bereich. Sie war nervös. Doch als Nick plötzlich vor ihr stand und »Hallo Cerys« sagte, war ihre Nervosität wie weggeblasen. Sie ignorierte die neidischen, ungläubigen Blicke, die sie trafen und verschwand mit Nick hinter der Bühne.
Im Gegensatz zu letzter Nacht war dieser Backstage-Raum ein armseliges Loch. Doch Cerys hatte nicht den Eindruck, daß Nick diesen Raum verlassen wollte. Vielleicht wollte er ganz einfach nicht im Mittelpunkt stehen, mutmaßte sie, als sie sich erschöpft, doch hellwach in einen der schmuddeligen Sessel fallen ließ.
»Schön, daß du gekommen bist«, begann Nick, griff hinter den Sessel und zog eine Dose Cola aus dem Nichts.
»Möchtest du auch?«

Cerys nickte und nahm ihre Dose dankbar entgegen. Sie betrachtete Nick lange schweigend, sein schmales Gesicht, seine großen Augen, die schwarzen Haare. Sie betrachtete ihn so lange, daß er es fast schon als Unverschämtheit hätte auffassen können.

»Ich war überrascht, als ich die schwarzen Fans gesehen habe...«

»Die waren nicht von hier«, warf Nick lächelnd ein.

Cerys sah ihn fragend an.

»Ich kenne sie schon länger.«

»Mir war gar nicht so klar, daß ihr eigentlich in die schwarze Szene gehört.«

Nick lachte leise. »Ich gehöre nicht zur schwarzen Szene.«

»Aber die Fans. Und ich denke, sie sind davon überzeugt, daß du einer von ihnen bist.«

»Ich bin kein Goth«, beharrte Nick. »Und ich mache auch keine Musik für Goths. Meine Musik kommt aus meinem Herzen.« Nachdenklich sah er Cerys an.

»Aber diese Musik paßt zu den Goths. Sie wissen, daß ich keiner von ihnen bin. Aber sie mögen meine Musik und meine Texte.«

»Worin, meinst du, unterscheidest du dich von ihnen?« fragte Cerys.

Nick lächelte leicht. »Ich habe keinen Sarg – und keine Vorliebe für Totenköpfe. Ich bin einfach viel zu normal.«

Sie sah ihn an. Normal. Schwarze Fingernägel, schwarze Haare, Kajal, dunkler Lidschatten, das Gesicht eindeutig weiß gepudert. Seine Kleidung war schwarz und hauteng. Er hatte eine Taille, auf die man neidisch sein konnte. Und er konnte einen anschauen, daß einem das Blut in den Adern gefror. Cerys zog die Augenbrauen hoch – was er unter normal verstand...

»Genießt du das – deine Auftritte, das ewige Umherfahren...?«

»Ja, eine Zeitlang liebe ich es. Es ist mein Leben. Irgendwann bin ich einfach nur noch fertig, dann kann ich nicht mehr sagen, ob es mir gefällt oder nicht. Ich glaube, dann denke ich einfach nicht mehr darüber nach.«

Nick bot ihr eine Zigarette an, die sie ablehnte. Er selbst steckte sich eine an.

»Ich wußte gar nicht, daß du rauchst.«

Nick grinste, nachdem er einen tiefen Zug genommen hatte.

»Tu ich auch nicht, so gut wie nie. Schadet der Stimme.«

Cerys runzelte die Stirn. Er war so voller Widersprüche.

»Bist du eigentlich bei allen Gigs in England?«

»Nein, aber ich versuche zu so vielen Auftritten wie möglich zu kommen.«

»Warum?« fragte Nick, und wieder inhalierte er den Rauch seiner Zigarette.

Erstaunt sah Cerys ihn an. »Warum?« wiederholte sie ungläubig.

Er nickte. »Interessiert mich wirklich.«

»Weil...«, Cerys suchte angestrengt nach den richtigen Worten, »weil... eure Musik so wichtig für mich ist. Eure Texte, einfach alles. Und – weil du... absolut faszinierend bist.« Sie errötete leicht.

Nick sah sie aufmerksam an.

»Ich... fühle mich unglaublich wohl bei den Konzerten. Sie geben mir... Energie.« Cerys wußte, daß sich das alles eigenartig anhörte. Aber sie sah, daß Nick sich nicht darüber lustig machte.

»Ich – ich habe was für dich.« Cerys zog ein in Geschenkpapier gewickeltes Buch aus ihrem Rucksack.

»Danke. Wofür?« Langsam packte Nick das Geschenk aus.

»Einfach nur so. Ich dachte, du magst es vielleicht.«

Als Nick das Buch ausgepackt hatte, legte sich ein breites Lächeln auf seine Lippen.

»Hey, danke. Das neue Buch von Anne Rice. Da hast du wirklich meinen Geschmack getroffen.«

Cerys biß sich auf die Lippen. Seine Freude war das

allerschönste Dankeschön, das sie bekommen konnte.
Plötzlich öffnete sich die Tür, und Phil trat ein. »Hier bist du noch.«
Nick sah ihn an.
»Ich möchte jetzt fahren, ist das okay? – Die anderen sind schon vor einiger Zeit mit dem Bus vorgefahren.«
Nick stand auf. »Ja, ich komme jetzt.«
Cerys geriet in Panik. Warum mußte dieser wunderschöne Abend so abrupt enden?
»Wenn du mal Hilfe brauchst, irgendwann...«, sagte sie leise und wußte selbst nicht, warum sie das dachte, »dann kannst du immer bei mir anrufen. Ich wohne auch in London.«
»Schreib mir deine Nummer auf«, sagte Nick lächelnd und hielt ihr das Buch entgegen.
Cerys öffnete es auf der ersten Seite und schrieb ihren Namen und ihre Telefonnummer hinein. Es sah fast wie eine Widmung aus.
Nick umarmte sie zum Abschied, als wären sie alte Freunde, dann verschwand er zusammen mit Phil.

Nick betrat sein Hotelzimmer und stellte fest, daß es bereits besetzt war. Julian und Ray vergnügten sich mit zwei Mädchen in seinem Bett. Und Nick war totmüde. Genervt trat er an das Bett heran und schaute auf Julian hinunter.
»Wieso seid ihr in meinem Bett?«
Julian sah ihn erstaunt an. Seine Pupillen waren riesig.
»Weil in Rays Zimmer 'ne Orgie abgeht – eine After-Show-Orgie sozusagen und weil in meinem Zimmer Rob am pennen ist – völlig breit.«
»Tolle Entscheidung, daß ihr jetzt hier seid...«
Eines der Mädchen sprang aus dem Bett und umarmte ihn heftig. Ihr nackter Körper war unglaublich heiß.
»Nick, Nick, warum bleibst du nicht einfach hier, bei uns?«
Er schüttelte den Kopf.
Sie rieb ihren wohlgeformten Körper an ihm.
»Cora – komm zu mir zurück«, forderte Ray schmollend. Nick wußte, daß die meisten Mädchen ihn wollten, aber er schob sie sanft zur Seite.
»Wo soll ich nun schlafen?« fragte er Ray, der wieder unter der Decke verschwinden wollte.
»Ich weiß nicht. Johns Zimmer müßte frei sein... ähm. Es sieht vielleicht ein bißchen wild aus darin, aber zum Schlafen...«
»Toll. – Und wer hat die Schlüssel?«
Ray zuckte mit den Schultern. »Du fragst Sachen... Warum bleibst du nicht einfach hier, haust dich aufs Sofa?«
Ärgerlich massierte Nick seine Schläfen. »Mir bleibt wohl nichts anderes über, hä?«
»Doch, du könntest vorher bei der Orgie vorbeischauen...«
»Vorbeificken«, warf Julian ein und lachte laut.
Nick verdrehte die Augen.
»Du glaubst nicht, welche Prominenz sich dort eingefunden hat...«
Nick stellte seine Tasche ab und zog sich den Pullover über den Kopf. »Ich kann's mir gut vorstellen. Brian, nicht wahr?

Und Crispian. Die beiden bestimmt. Die kommen doch immer, um nachher mit unseren Fans zu vögeln.«
Ray lachte leise.
Nick ignorierte, daß Julian laut aufstöhnte. Sollten die zwei nur auf seinem Bett herumvögeln. Okay, er würde sich dafür rächen, bei nächster Gelegenheit. Im Moment war er einfach viel zu müde, um nur einen klaren Gedanken zu fassen. Ein Drink wäre jetzt herrlich, dachte er. Aber er wußte, daß er es nicht tun würde. Keinen Tropfen mehr.
Nick verzog sich ins Badezimmer. Hier sah es aus, als hätte ein Tornado gewütet. Unter einem Berg von Klamotten fand er einen Stapel sauberer Handtücher, aber er zog es dann doch vor, seine eigenen zu benutzen.
Er stellte das Wasser in der Dusche an, wartete, bis es heiß war und wagte erst dann, einen Fuß in die Dusche zu setzen. Er wußte, daß er seinem Körper nicht auch noch den Schock einer kalten Dusche zumuten konnte.
Das heiße Wasser lief über seine empfindliche Haut und verursachte eine Gänsehaut – aber es war sehr angenehm.
Als er sich nach einiger Zeit von diesem Gefühl trennen konnte und sich abtrocknete, fühlte er sich einigermaßen wiederhergestellt. Sein Magen rumorte, aber er war zu müde, um noch irgend etwas zu essen.
Mit einer Decke zog er sich auf das Sofa zurück. Die eindeutigen Geräusche aus seinem Bett störten ihn nicht. Nach kurzer Zeit war er eingeschlafen.
Nick driftete davon. Sein ganzes Leben war auf einmal irreal, lief wie ein Film vor ihm ab, und er wußte, daß er etwas Entscheidendes übersah. Etwas wirklich Lebenswichtiges.
Und es gab Licht und Schatten, und aus dem Schatten heraus trat eine Gestalt, bleich, geisterhaft, von strahlender Schönheit – lächelnd.
Und auch er, Nick, war dort und Licht umgab ihn.
»Es wird eine Zeit geben, da wirst du verstehen«, sagte das Wesen.

Doch Nick verstand nicht. Er war so geblendet von den Schatten, aber der andere strahlte nichts Böses aus.
Musik umgab sie beide, süße Klänge, nicht von dieser Welt, die Nick erfüllten.
Der andere trat auf ihn zu, war auf einmal sehr nah.
»Du bist heilig.«
Diese Worte flossen aus seinem Mund und hüllten Nick in schwarzen Samt. Nick keuchte. Er konnte seine Arme nicht ausstrecken, sich nicht bewegen. Der Fremde bleckte seine Zähne, sein Grinsen war teuflisch. Nick versuchte loszukommen, aber irgend etwas hinderte ihn daran. Er wurde festgehalten, er...
»Nick!«
Die Stimme holte ihn zurück. Aber der Weg, den er zurücklegen mußte, war so weit, daß er wußte, daß es kein normaler Traum gewesen sein konnte. Er flog in einem atemberaubenden Tempo ins Licht, der Stimme entgegen.
»Nick?«
Er schlug die Augen auf. Julian saß neben ihm auf der Couch und hielt ihn am Arm fest.
»Nick – bist du endlich wach?«
Irritiert setzte Nick sich auf. »Ja.«
Er sah, daß Julian ihn anstarrte.
»Hast du so wild geträumt, oder war dein Stoff scheiße?«
»Ich... ich hab nur geträumt, Julian. Is' schon okay.«
Julian ließ seinen Arm los und stand auf.
»Hab mir echt Sorgen gemacht, vor allem, weil du gar nicht aufwachen wolltest.«
Nick sah sich im Zimmer um, Ray lag nackt auf dem Bett, wie tot. Die Mädchen waren weg, überall lagen Kleidungsstücke herum.
Mit wackligen Beinen erhob Nick sich vom Sofa und verzog sich ins Bad. Er zitterte, Adrenalin pulsierte in seinen Adern. Was war das bloß für ein Traum gewesen?

Nick saß in einer dunklen Ecke des Clubs und zitterte. Niemand war da. Die Bilder in seinem Kopf waren gewalttätig und brachten ihn um den Verstand. Er hatte Blut an den Händen, soviel Blut. Woher kam all dieses Blut? Nicht sein eigenes ...

Das war nicht real, seine Vergangenheit...

Er konnte sich nicht bewegen. Seine Arme zuckten unkontrolliert, und er schlang sie um den Körper, damit er sie wenigstens einigermaßen ruhig halten konnte. Wo war er eigentlich? Er konnte keinen klaren Gedanken fassen. Auf einmal überkam ihn das Bedürfnis laut loszuschreien. Hör auf, beruhig dich. Beruhig dich. Es ist alles in Ordnung. Es hat schon seine Richtigkeit, daß du in diesem Raum sitzt. Es ist nichts Gefährliches.

Aber er hatte Angst, und er hätte nicht einmal sagen können, wovor. Er wußte es nicht. Es war nur da, dieses Gefühl in seinem Körper. Warum war er hier?

Es war kalt. Kälter, als er ertragen konnte. Warum war es eigentlich auf einmal so kalt? Er sollte aufstehen, sich etwas anziehen. Aber er blieb sitzen. Hatte nicht den Eindruck, aufstehen zu können. Vielleicht kam bald jemand – irgendjemand – und brachte ihm eine Decke. Oder war er am Ende doch allein? Aber warum? Hier, allein in diesem dunklen Raum.

Er verlor das Gefühl für seinen Körper, schien eins zu werden mit den Schatten des Raumes. Und es war kalt.

Als Phil den Club betrat, erschrak er. Nick lag zusammengesackt in einer Ecke, eine Blutlache bedeckte den Boden. Im ersten Moment dachte er, Nick sei tot. Entsetzt rannte er zu ihm.

Glassplitter knirschten unter seinen Schuhen.

Doch als er näherkam, sah er, daß Nick noch atmete. Phil kniete sich neben ihm nieder. Er sah, daß das Blut aus einer

großen, klaffenden Wunde an Nicks Handgelenk tropfte. Hatte er versucht, sich umzubringen?
»Nick? Nick – kannst du mich hören?«
Nick schlug die Augen auf, er schien von sehr weit her zu kommen. Seine Lider waren schwer, wer war der Mann... ach, Phil, er erinnerte sich. Seine Hand schmerzte. Was war passiert?
»Nick, kannst du aufstehen? Du mußt ins Krankenhaus.«
Phil zog ihn vorsichtig hoch, doch er bemerkte sofort, daß Nick nicht allein stehen konnte. Warum zum Teufel, war er überhaupt hier gewesen?
Nick begriff überhaupt nichts, ließ sich von Phil wie eine Puppe in einen großen, ungemütlichen Stuhl setzen.
»Warte hier, ich fahre eben den Wagen vor«, befahl Phil.
Willenlos ließ Nick alles mit sich geschehen. Er hatte eine definitive Erinnerungslücke, die ihm Kopfzerbrechen bereitete. Seine Hand pochte unangenehm, und der Blutstrom wollte nicht verebben. Phil hatte ein sauberes Handtuch darum gewickelt, doch das war mittlerweile auch schon voll Blut.
Im Krankenhaus wurde seine Verletzung versorgt. Ein großer, schlanker Arzt nähte die Wunde ohne Narkose, denn Nick war noch immer nicht voll bei Bewußtsein. Doch er bekam die Blicke mit, die der Arzt der molligen Schwester zuwarf, die ihm assistierte. Hatten sie ihn erkannt? Oder warfen sie sich immer solche abwertenden Blicke zu, wenn sie mit Drogensüchtigen in Kontakt kamen, fragte er sich.
Phil hatte einen düsteren Blick aufgesetzt, als er Nick zurück zum Club fuhr. Er ärgerte sich darüber, daß Nick nicht erzählen wollte, was passiert war. Außerdem war es nicht auszuschließen, daß sie den Gig abblasen mußten!
Nick fühlte sich relativ taumelig und ließ sich von Phil stützen, als sie den Club betraten. Die Band war bereits vollständig anwesend, baute zusammen mit der Crew die Instrumente auf und verlegte Kabel.
Erschöpft ließ Nick sich auf einen der Stühle sinken und

schloß die Augen, bis Ray sich zu ihm setzte.
»Müssen wir den Auftritt absagen?« fragte er.
»Nein, wie kommst du darauf?«
Ray starrte ihn an. »Damit willst du doch wohl nicht spielen, oder?«
Nick zuckte mit den Schultern.
»Willst du den Gig wirklich abblasen?« Er strich mit der Hand über den Verband.
»Quatsch. Aber Julian kann doch die Akustik-Parts übernehmen. Singen kannste ja auch mit dem Ding.«
»Ist doch zugenäht«, erklärte Nick stirnrunzelnd. »Das wird schon gehen.«
Ray schüttelte den Kopf. »Du bist aber auch ein Chaot!«
»Ach, laß mich in Ruhe.« Nick zögerte einen Moment, dann: »Hast du irgendwas gegen Schmerzen?«
Ray verdrehte die Augen und seufzte theatralisch. »Als wenn in deinem Körper noch irgendein normales Schmerzmittel wirken würde.«
Er sah Nick einen Moment an. Nicks Blick war leidend, seine Augenringe fast schwarz.
»Scheiße, Nick – muß das echt sein?« Aber die Frage erübrigte sich. Etwas genervt, aber auch mitfühlend sagte er: »Ja, warte.«
Nick schloß die Augen, während er auf Ray wartete. Die Naht an seinem Handgelenk pochte unangenehm. Er konnte sich einfach nicht mehr daran erinnern, was passiert war. Laut rauschte das Blut durch seine empfindlichen Ohren. Er atmete tief durch.
Ray kam zurück und drückte ihm zwei weiße Tabletten in die Hand. Ohne zu fragen steckte Nick sie in den Mund und würgte sie trocken durch den Hals. Ray starrte ihn an, wollte etwas sagen, schwieg dann aber. Er konnte Nick nicht verstehen. Er kannte niemanden, der Nick Jeffrey verstehen konnte.

Während Nick sang, fühlte er die feuchte Wärme an seinem Handgelenk. Er versuchte, es zu ignorieren, trotzdem warf er einen kurzen Blick auf den Verband. In dicken Tropfen quoll das Blut durch den fest gewickelten Verband, hinterließ eine blutige Spur auf seiner Gitarre.

Nick spürte keinen Schmerz, aber der Anblick seines eigenen Blutes ließ ihn erschaudern. Er sah, daß die Fans in der ersten Reihe auf seine Hand starrten. Aber er sang weiter.

Am Ende des Songs nahm Rick, der Gitarrentechniker, ihm die Gitarre ab und starrte ebenfalls auf die dunkelrote Blutspur.

Er flüsterte Nick ins Ohr: »Nick, du blutest stark. Du mußt wenigstens eben mit hinter die Bühne kommen, damit der Verband neu gemacht werden kann.«

Nick schüttelte schwach den Kopf. Durch das Kreischen und Johlen der Fans konnte er Rick kaum verstehen. Er versuchte ihn an die Seite zu schieben, um den nächsten Song ankündigen zu können. Aber Rick blieb standhaft. Seine Hand schloß sich wie eine Stahlklammer um Nicks Oberarm.

Gottergeben ließ er sich mitziehen. Warum sollte er mit Rick vor dem Publikum herumstreiten? Hinter der Bühne wurde seine Hand neu verbunden. Das Blut sickerte einfach zwischen den Fäden hindurch, offensichtlich war die Spannung auf der Naht zu groß.

Rick starrte ihn an. »Nick? – Laß Julian die Akustik-Parts spielen, okay?«

Nick runzelte die Stirn. Er hatte keine Lust auf irgendwelche Diskussionen. Doch nun mischte sich auch noch Phil ein.

»Sei vernünftig, Nick. Sonst kannst du das Konzert gleich abbrechen.«

Nick bleckte die Zähne. Es war eine merkwürdige Geste, aber sie drückte ein ich-ergebe-mich aus.

Mit neu verbundenem Handgelenk kehrte er auf die Bühne zurück, wo er begeistert empfangen wurde. Er hatte keine Schwierigkeiten, den Gig zu Ende zu bringen, doch für ihn war irgendwie die Spannung raus, nachdem er auf die Bühne zurückgekehrt war. Er hoffte, daß seine Fans das nicht spürten. Doch ihre Begeisterung schien nicht abgeebbt zu sein.

Als er die Bühne verließ, fühlte er sich schwach. Vielleicht war es keine gute Idee gewesen, den Gig durchzuziehen, sein Blutverlust war schließlich nicht unerheblich gewesen.

Müde zog er sich in einen der leeren Räume zurück, in dem nur einige der Taschen und etwas Equipment herumstand. Seine Beine taten weh, und er sah sich etwas unschlüssig um.

Und auf einmal stand jemand vor ihm. Bleich und sanft, schwarzes Haar, schwarze Kleidung. Das Gesicht so weiß wie das eines Toten. Er war einfach da – wie eine Vision – und sah Nick an. Er war so *verwirrend*, daß Nick kein einziges Geräusch mehr wahrnahm. Nur den leisen, kalten Atem seines Gegenübers.

Es war fast, als blicke er in sein Spiegelbild. Beängstigend, doch vertraut. Doch die Gesichtszüge des Fremden waren weiblicher als seine eigenen, der Mund ein wenig schmaler.

»Hallo Nick.« Die Stimme eines Engels. Sie ließ Nick erstarren, brachte ihn aus dem Konzept. Die schwarzen Augen des Geschöpfes wirkten merkwürdig ausdruckslos. Sie fixierten ihn.

Nick sah, wie das Wesen seine schmale weiße Hand nach ihm ausstreckte. Er war fasziniert und erschrocken. Die Kälte dieser Hand auf seiner Haut. Das war nicht einfach nur ein Typ aus der schwarzen Szene...

Jetzt lächelte sein Gegenüber. »Ich bin Torian.«

Das Lächeln wirkte kalt, doch auf eine fremde Art auch beruhigend. Aber er wollte Nick auch beruhigen, das fühlte dieser deutlich. Noch immer hatte er kein Wort herausgebracht.

»Ich habe gesehen, wie du geblutest hast«, sagte Torian leise. Wie ein Windhauch an Nicks Ohr.
Vertraut legte er seine kalte Hand an Nicks Wange und betrachtete ihn verzückt.
»Mein Engel.«
Dann wandte er sich ab und verschwand. Nick starrte ihm nach. Er hätte beim besten Willen nicht sagen können, wohin Torian entschwunden war.
Eine feine Gänsehaut überzog seine nackten Arme. Er war verwirrt, benommen. Torians unwirkliches Gesicht hatte sich in Nicks Gedächtnis eingegraben, so klar und deutlich, wie keine andere Erinnerung. Und er kannte dieses Gesicht, denn er hatte es bereits in seinem Traum gesehen. Das Wesen aus seinem Traum...
Nick schlang die Arme um seinen Körper. *Ich habe gesehen, wie du geblutest hast.* Diese Worte hallten in seinem Kopf. Was bedeuteten sie? Warum fühlte er sich so unwohl? Und warum – verdammt – war Torian einfach verschwunden?
Er ist kein Mensch. Dieses Gefühl pochte in seinem Körper, schmerzhaft, als wolle es ihn zerreißen.
Nick schüttelte den Kopf, um sich aus seiner Erstarrung zu lösen. Und wandte sich schließlich um, um zu den anderen zurückzukehren.
Eine feine Angst breitete sich in seinem Innern aus, wie ein Spinnennetz. Inständig hoffte er, daß Torian nicht mehr auftauchte.

3. Kapitel

Nick schlenderte hinter Chris her, in dessen Studio. Er war noch nicht oft hier gewesen, wahrscheinlich, weil Chris' Welt ihn abschreckte. Er mochte keine Photographen. Chris hielt die wertvolle Kamera locker in einer Hand. Er trug eine dunkle Jeans und ein viel zu weites Hemd, das locker über der Hose hing.

»Komm ruhig näher«, sagte er. »Wir sind gleich fertig.«

Nick betrat den hell ausgestrahlten großen Raum, in dem lediglich einige Sitzmöbel waren. Einige nackte Schaufenster-Puppen standen herum, ein paar waren mit Lack- und Lederdessous behängt. Nick stand nicht auf sowas, aber er wußte von Chris, daß man mit solchen Fetisch-Sachen ganz gut verdienen konnte.

Chris war gerade mitten in einem Photo-Shooting, wie Nick überrascht feststellte.

Mit einem zwiespältigen Gefühl starrte er auf den bizarr gefesselten Körper. – Bis er erkannte, daß es Daniel war.

Chris stand dicht vor dem Jungen und machte Photos, einer seiner Assistenten veränderte die Beleuchtung.

Nick schüttelte die Erstarrung ab und schoß auf Chris zu. Mit Schwung riß er ihn zu Boden und gab ihm mit der linken Hand eine schallende Ohrfeige.

Dann zischte er: »Mach den Jungen los! Mach sofort den Jungen da los!«

Verwirrt und verärgert sah Chris ihn an. »Was soll das? Bist du wahnsinnig geworden?«

»Du bist wohl verrückt geworden! Der Junge ist minderjährig – du... perverse Sau! Mach ihn sofort los, oder ich bring dich um!«

Chris schubste Nick von sich herunter. »Der merkt doch sowieso nichts mehr.«

»Chris...« Nick starrte ihn an. Aus seinen dunklen Augen sprühte der Zorn. Wie konnte Chris nur so etwas tun?

Chris gab seinem Assistenten einen verärgerten Wink, und dieser begann, Daniel loszubinden. Nick sah sofort, daß der Junge nicht mehr stehen konnte.
Wahrscheinlich war er total voll oder auf einem Trip.
»Er brauchte Geld, Nick, und ich habe ihm einen Job angeboten. Ist das vielleicht kein Job, hier?«
Nick starrte ihn an. »Das ist hoffentlich nicht dein Ernst. Ich denke nämlich, daß es KEIN Job für einen 15jährigen ist! – Verdammte Scheiße, du und deine perversen Bilder!« fuhr er ihn an.
Chris zuckte mit den Schultern.
Nick sah, wie Daniel losgebunden wurde. Er sackte einfach auf dem Boden zusammen. Leblos, wie es schien. Blut tropfte aus zahllosen Striemen von seinem mageren Rücken.
»Du bist so ein Arschloch«, sagte Nick. »Er muß zu einem Arzt.«
»Quatsch, unsere Instrumente sind sauber.« Chris grinste. »Das verheilt auch so.«
Daniel gab ein würgendes Geräusch von sich.
»Hoffentlich kotzt er mir nicht das Studio voll«, sagte Chris säuerlich.
Nick starrte ihn an. »ICH kotze gleich. Das kann ich dir wohl sagen. – Los, ruf mir 'n Taxi.«
»Willst du ihn etwa mitnehmen?« fragte Chris und zog erstaunt die Augenbrauen hoch. Aber bevor er etwas Anzügliches denken konnte, knurrte Nick: »Ja, hierlassen werde ich ihn auf keinen Fall«. Er trat näher an Daniel heran.
»Hat er keine Klamotten angehabt?«
Doch in diesem Moment kam Chris' Assistent und ließ sie – ohne eine Miene zu verziehen – neben Daniel auf den Boden fallen. Nick kniete sich neben den Jungen nieder.
»Daniel?«
Die Verletzungen sahen fürchterlich aus, Nick mußte sich sehr beherrschen, um Chris nicht an den Kragen zu gehen. Wie konnte er nur so etwas tun? – Und so etwas hatte er auch mit

ihm – Nick – vorgehabt. Nicht auszudenken!
Daniel öffnete die Augen halb und versuchte Nick zu fixieren.
»Daniel? Kannst du dich anziehen?« Nick berührte ihn sanft an der Schulter.
Sein Atem war langsam, so, als müsse sein Herz kämpfen. Er hatte keine Kraft zu antworten, doch er sah Nick an.
Nick sah, daß Daniel ihn erkannte. Na, wenigstens etwas, dachte er. Er zog Daniel an den Armen in eine sitzende Position.
»Bleib so sitzen, sonst kann ich dir nicht helfen.«
Mit einer Hand angelte er nach einem T-Shirt und zog es dem Jungen über den Kopf. Auch den Pullover. Er hatte Mühe, ihn anzuziehen, da seine eigene Hand noch bandagiert war.
Wütend fauchte er Chris an: »Du kannst mir ja auch ein bißchen helfen.«
Chris legte das Telefon aus der Hand. »Ich habe dir doch schon ein Taxi gerufen.«
Doch er kam herüber und half Nick, dem Jungen die Hose anzuziehen. Dann zog er zwei große Scheine aus der Tasche und steckte sie Daniel in die Hosentasche.
»Sein Verdienst...«, sagte er und grinste wieder.
Nick starrte ihn an. »Wenn du nicht aufhörst zu grinsen, schlage ich dir die Zähne ein.«
Er grinste weiter und mit einem Blick auf Nicks Hand sagte er: »Mein Gott, du bist vielleicht empfindlich.«
Gemeinsam schleppten sie Daniel aus Chris' Studio und hieften ihn ins Taxi. Er kippte auf dem Rücksitz um.
Als sie losfuhren, fing er an zu schluchzen. Der Fahrer sah zu Nick herüber, aber er zuckte nur mit den Schultern. Was hätte er auch sagen sollen? Er selbst sah ja nicht gerade vertrauenserweckend aus, in seinen schwarzen Klamotten, mit schwarzem Nagellack und eingefallenen Wangen. Und wer wußte schon, ob der Taxifahrer vielleicht sein Gesicht aus der Presse kannte?
Schweigend fuhren sie durch Londons dichten Verkehr. Nick

war geblendet von den Leuchtreklamen in dem dämmrigen Licht des Sonnenuntergangs.
Nach zwei Dritteln des Weges erbrach Daniel sich auf dem Rücksitz.
Der Taxifahrer sah sich kurz um. »Ach du Scheiße.«
Nick fluchte innerlich. »Ich bezahl Ihnen die Reinigung.«
Der Taxifahrer kurbelte die Scheibe runter. »Das hoffe ich auch.«
Nick sah nach hinten. Daniel hatte sich die ganze Hose vollgekotzt, den Rest auf die Sitze. Toll!
Der Geruch war erbärmlich. Nick starrte aus dem Fenster. Wieso hatte er Daniel mitgenommen?
Mit Hilfe des Taxifahrers schleppte Nick Daniel in seine Wohnung, 20 Pfund, mehr konnte er dem Fahrer nicht zusätzlich geben. Aber der war zufrieden.
Das erste, was Daniel mitbekam, war, daß jemand ihm den Pullover auszog. Er saß auf einer dunkelblauen Couch, vornüber gekippt. Es roch nach Erbrochenem.
Vorsichtig versuchte er sich aufzurichten. Sein Schädel dröhnte, und er hatte starke Schmerzen am ganzen Körper. Wo war er?
Langsam drehte er sich um und sah Nick. – Nick... den hatte er heute schon mal gesehen. Also Nicks Wohnung. Er hatte Schwierigkeiten, die Augen offen zu halten.
»Daniel? Bist du wieder ansprechbar?«
»Ja...« Seine Stimme war rauh, schien von sehr weit her zu kommen.
»Scheiße...« Nick fluchte hinter ihm.
»Was'n los?« fragte er schleppend.
»Ach, dein verdammtes T-Shirt ist eine Symbiose mit deinem Rücken eingegangen.«
»Häh?«
»Es klebt an deinem Rücken fest! Vorsicht, das kann jetzt wehtun.« Nick zog mit einem Ruck den Stoff von Daniels Haut herunter.

»Au, Scheiße – hör auf damit.«
»Bin schon fertig.« Kopfschüttelnd betrachtete Nick die Striemen auf Daniels Rücken. Sie bluteten wieder.
»Du blutest mir meine ganze Wohnung voll. – Kannst du mit mir ins Bad kommen? Du stinkst auch erbärmlich nach Kotze.« Nick wirkte gestreßt.
Daniel mühte sich, Nick nicht allzu sehr auf dem Arm zu hängen, als sie zusammen das Bad aufsuchten. Der setzte den Jungen auf den geschlossenen Toilettendeckel und ließ Wasser in die große ovale Wanne laufen.
Daniel saß auf dem Klo, mit hängendem Kopf.
»Nick?«
»Ja?« Nick blickte auf. Er sah, daß Daniel schluckte, Tränen liefen ihm über die Wangen.
»Nick, ich... fühle mich so beschissen... ich schäme mich so. Ach fuck...« Daniel unterdrückte ein Schluchzen.
Nick stand auf. »Süßer, du darfst dich schlecht fühlen. Chris hat ein paar sehr unschöne Dinge mit dir gemacht.« Er umfaßte das schmale Jungengesicht und hauchte einen Kuß auf die Stirn.
»Ich schäme mich, weil... du mich so gesehen hast«, flüsterte Daniel.
Nick half ihm, aufzustehen, die Hose auszuziehen.
»Du kannst froh sein, daß ich dich gesehen habe. Chris hätte dich noch länger dort hängenlassen.«
»Ich... ich wußte nicht, daß... er solche Sachen mit mir machen wollte.« Daniel zog die Nase hoch. »Ich war betrunken, er hat mir irgendeinen Scheiß-egal-Stoff gegeben. Pillen, ich weiß nicht was. Aber... es hat trotzdem wehgetan.«
Nick sah ihn an. »Kann ich mir vorstellen. Komm, vorsichtig in die Wanne.«
Er stützte Daniel, denn der war alles andere als sicher auf den Beinen. Daniel heulte auf, als das Wasser die Wunden an seinem Rücken umspülte.
Nick zog eine Grimasse. »Du siehst aus, als hätten sie dich

gefoltert.«
Vorsichtig begann er Daniels Rücken zu waschen, während dieser leise weinte. Nick wußte nicht, ob es die Schmerzen waren, oder die Scham, die ihm die Tränen in die Augen trieben. Er vermutete beides.
Schließlich half er Daniel wieder aus der Wanne heraus und wickelte ihn in ein großes Handtuch. Er wirkte apathisch, ließ alles mit sich geschehen. Nur seine großen, aufgequollenen Augen verfolgten Nicks Bewegungen.
»Warum kennst du Chris?« fragte Daniel, als er bäuchlings auf Nicks Bett lag, während Nick mit einem Desinfektionsmittel die Striemen abtupfte.
Nick hielt inne. »Er hat viel mit Musikern zu tun, mit Drogen«, antwortete er zögernd. Dann: »Er ist ein Freund von mir.«
»Scheiß Freunde hast du.«
Nick lachte. »Ich weiß. Er ist ein Arschloch, aber andererseits kann ich mich auf ihn verlassen, wenn's mir schlecht geht. Du glaubst gar nicht, wie schwierig es ist, richtige Freunde zu finden. Fucker, die dir bei Schwierigkeiten ins Gesicht treten, die umgeben dich täglich.«
Nick legte das Desinfektionsmittel an die Seite und schraubte eine Tube mit Salbe auf. »So, jetzt Luft anhalten.«
Vorsichtig trug er die Salbe auf das zerstörte Gewebe auf. Daniel wimmerte leise, obwohl er versuchte, es zu ertragen.
»Dein Arsch sieht aus, als wäre jemand mit dem Rasenmäher drüber gefahren.«
Daniel keuchte. »So fühlt er sich auch an. Ich werde nie wieder sitzen können.«
Als Nick damit fertig war, stieg er vom Bett. »So liegenbleiben.«
Er verschwand im Wohnzimmer. Seine Hände hatten bereits begonnen zu zittern. Die Naht an seiner Hand pochte wieder schmerzhaft. Er war schon zu lange ohne Stoff. Es war unerträglich.

Mit zittrigen Fingern zog er ein kleines Päckchen aus einer Schublade im Wohnzimmer und zog sich eine Linie Heroin durch die Nase. Er hatte aufgehört, es zu spritzen. Jeder hatte es sehen können, an den zerstochenen Venen. Aber Nick hatte einen starken Willen, es war ihm nicht einmal besonders schwer gefallen, die Spritzen wegzuwerfen. Viel schwerer war es gewesen, vom Alkohol loszukommen...
Einen Moment saß er einfach nur da, ließ den Stoff wirken. Bis er sich wieder ruhiger fühlte, dann kehrte er zu Daniel zurück.
Daniel drehte sich zu ihm um und starrte ihn an. »Was hast du genommen?«
»Upper. – Wenn man dich so sieht, kann man ja auch depressiv werden.«
»Was denn? Prozac?«
Nick schüttelte den Kopf. Die Droge donnerte durch seinen Körper und verschaffte ihm ein entspanntes Gefühl.
»Los, leg dich wieder hin. Ich war noch nicht fertig.«
Daniel legte sich wieder platt auf das Bett. Eine Gänsehaut überzog seine Arme, als Nick sich wieder daran machte, seinen Rücken zu verarzten. Es tat höllisch weh.
»Mensch, der hat dich so durchgelassen. Das dauert ewig, bis das heilt.«
»Sehr aufmunternd«, stöhnte Daniel.
»Ich mag es auch lieber, wenn du vor Lust stöhnst, statt vor Schmerzen ...«
Daniel zog eine Grimasse.
»Was... was ist mit deiner Hand passiert? Ich habe gestern gesehen, wie du von der Bühne mußtest...«
Nick zögerte. »Keine Ahnung, wahrscheinlich habe ich mich irgendwo geschnitten.«

Nick stand lange am Telefon und überlegte, aber die einzige Person, die ihm jetzt helfen würde, war vermutlich Cerys. Er

wählte ihre Nummer.
Von seinen Freunden hatte wahrscheinlich keiner Interesse einen Fünfzehnjährigen gesundzupflegen. Nicht jetzt, wo sie die letzten Gigs mit berauschenden Parties abrundeten. Jetzt, wo sie wieder in London waren. – Aber er hatte ein verdammt schlechtes Gewissen.
»Ja?«
»Hi, Cerys. Hier ist Nick.«
Schweigen.
»Cerys?«
Sie räusperte sich. »Nick Jeffrey?«
»Ja.«
»Entschuldige, aber ich bin ziemlich... erstaunt. – Schön, daß du anrufst. Ich... ähm... ich wäre morgen zum Gig gekommen.«
»Stör' ich dich gerade?« fragte Nick unsicher.
»Nein. Nein, überhaupt nicht. Ich bin nur irgendwie total schockiert, daß du bei mir anrufst.«
»Aber warum? Du hast mir doch deine Nummer gegeben.«
Cerys lachte auf. »Ich habe aber niemals damit gerechnet, daß du anrufst.«
»Ich... ich habe eine Frage. Ist vermutlich echt unverschämt. Naja... Ich – ähm, kannst du vielleicht mal vorbeikommen? Dann kann ich das alles besser erklären.«
»Ja, ich könnte vorbeikommen. – Wo wohnst du denn?«
Nick nannte ihr die Adresse. »Du kannst mit der Tube bis Notting Hill fahren. Von da sind's nur so fünf Minuten zu Fuß.«
»Okay, in einer halben Stunde bin ich bei dir. Ich... ich hoffe, es ist nichts Schlimmes oder so.«
»Nein, eigentlich nicht. Bis gleich.«
»Ja, bis gleich.«
Nick legte auf, bezweifelte aber schon, daß es eine gute Idee gewesen war, sie anzurufen. Wieso glaubte er, er könne sie mit seinen Problemen belasten?

Fünf Minuten später rief Nick noch einmal bei Cerys an.
»Ja?«
»Ähm... Vielleicht sollten wir uns doch im Dark Angel treffen. Dann kannst du dir das alles noch einmal überlegen.«
Er sah Cerys' Stirnrunzeln förmlich durchs Telefon.
»Ich bin ja echt gespannt«, sagte sie, aber es klang zweifelnd.
Nick ignorierte es einfach.
»Bis gleich.«
Leise betrat er sein Schlafzimmer und sah auf Daniel hinunter. Dieser war eingeschlafen. Nick setzte sich neben ihn und berührte sacht seine nackte Schulter.
»Daniel? – Ich muß nochmal weg. Schlaf ruhig weiter, ja?«
Daniel nickte und murmelte irgendwas Unverständliches, dann schlief er weiter. Mittlerweile war es kurz vor neun.
Nick ließ das Licht brennen, als er die Wohnung verließ. Er fühlte sich wie gerädert, fragte sich, warum er sich überhaupt um Daniel kümmerte. Sein eigenes Leben war schon schwierig genug, sich dazu noch um einen Halbwüchsigen zu kümmern, würde ihn völlig überfordern. Aber er hatte ihn doch nicht einfach bei Chris »hängen« lassen können. Unvorstellbar.
Nick ging mit zügigen Schritten die Straße hinunter. Er war froh, daß die Straßenbeleuchtung eingeschaltet war, denn die Dunkelheit verursachte oft Unbehagen in ihm. Es war einfach ein ungutes, ein mulmiges Gefühl. Keine reale Bedrohung. Nur so ein Gefühl der Beklemmung. Er kannte es seit seiner Kindheit, und er wußte auch, daß es eine Verbindung gab. Ein flüchtiges, unscharfes Bild seines Vaters huschte durch seinen angespannten Geist und verflüchtigte sich Gott-sei-dank wieder.
Die Gummisohlen seiner Trainers machten kein Geräusch auf dem Asphalt, und für einen kurzen Augenblick fühlte Nick sich unsichtbar. Wie das wohl wäre, fragte er sich. Er widerstand dem Drang, sich in diese Vorstellung zu versenken und betrat das Dark Angel.

Dichter Rauch waberte ihm entgegen – und der Geruch von Alkohol. Eine beißende, bekannte Mischung.
Nick versuchte in dem schwachen Licht etwas auszumachen. Einige Motorrad-Freaks saßen rechts von ihm. Ihre dicke Lederkluft gab ihnen ein bedrohliches Aussehen. Doch eigentlich wirkten sie fehl am Platz. Das Dark Angel war eher der Treffpunkt für die schwarze Szene. Und so konnte Nick auch, als sich seine Augen an das Licht gewöhnt hatten, die wallenden, schwarzen Gewänder, die weißen Gesichter, die Spitzen- und Rüschenhemden erkennen.
Einen Moment lang fixierte er eine zierliche schwarz-haarige Frau, die an der Theke stand. Sie trug ein dunkelrotes Brautkleid und zog ihre schwarzen Lippen zu einem kleinen Lächeln kraus, als sie Nicks Blicke bemerkte. Er hatte den Eindruck, als hätte er sie schon mal irgendwo gesehen.
Er wandte sich ab, wollte verhindern, angesprochen zu werden. Es war wahrscheinlich, daß einige der Clubbesucher ihn erkannten.
Nick suchte nach einem freien Tisch und drückte sich auf die Bank, die mit schwarzem, mittlerweile schäbigen Samt bezogen war. Cerys war noch nicht da.
Aus den Boxen dröhnte FREAK von strangelove. Nick fragte sich ob er der Freak war oder all die Goths und Grufties, die ihn umgaben.
Bei einem merkwürdigen Wesen, das in weiße Spitze und Tüll gehüllt war, bestellte Nick einen Kaffee.
Und wartete.
Er war noch nie ein besonders geduldiger Warter gewesen. Warten kotzte ihn an, aber er wollte schließlich was von Cerys – also wartete er weiter.
Wahrscheinlich hatte er eh erst ein paar Minuten gesessen, als Cerys auftauchte, denn sein Kaffee war noch warm.
Sie stand vor ihm, keine Erscheinung, und in ihrer dunklen Cordhose und schwarzem Pullover eher deplaziert. Ihre Hand war warm, ihr Händedruck fest.

»Hallo.« Nick zog sie auf einen Stuhl hinunter.
»Hi.« Sie schaute sich um. »Hier war ich noch nie«, stellte sie fest.
Wenn es eine Spitze sein sollte, so traf sie Nick nicht im Mindesten. Er sah sie an. Sie hatte sehr schöne braune Augen.
»Möchtest du was trinken?«
»Ja, auch einen Kaffee.«
Wieder das Wesen in Tüll und Spitze. Cerys hätte unmöglich sagen können ob es männlich oder weiblich war.
Sie musterte Nick. In ihrem Blick lag Neugier, aber auch unverhohlene Bewunderung. Wahrscheinlich war es ihr nicht mal bewußt.
»Wie geht es dir?« fragte sie schließlich.
Nick überlegte ob das nur wieder so eine Floskel war, aber sie schien es ernst zu meinen. Er grinste. Es kam selten vor, daß es jemanden wirklich interessierte, wie es ihm ging.
»Ja – ganz okay, glaub ich. Bin froh, wenn wir die Tour endlich hinter uns haben.«
Tüll und Spitze. Cerys nahm ihren Kaffee entgegen.
»Und dann?« Sie versenkte zwei Stück Zucker in der fast schwarzen Flüssigkeit.
»Dann gehen wir wieder ins Studio, nehmen Songs auf.«
Cerys sah ihn an. Seine Anwesenheit machte sie unsicher. Sie konnte ihm kaum in die Augen schauen.
Ein sphärisches Kreischen kündigte Marilyn Mansons DOPE SHOW an. Cerys wippte mit dem Fuß im Takt der Musik.
Schließlich überwand sie sich. »Warum hast du mich angerufen?«
Nick seufzte. »Tja, ich glaube, ich habe ein Problem. Und du bist wahrscheinlich die einzige, die mir helfen kann.«
Cerys zog die Augenbrauen hoch.
»Ist 'ne schwierige Geschichte. Im Endeffekt geht's darum, daß ein Freund von mir Hilfe braucht, weil er... verletzt ist. Und ich habe keine Zeit, mich zu kümmern. Und mit der Hand...« Er hob leicht seine bandagierte Hand. »Und da

dachte ich...«
»Was heißt verletzt? Muß er nicht ins Krankenhaus, oder so?« fragte Cerys überrascht.
»Nein, glaub nicht. Aber er braucht halt jemanden, der sich ein bißchen kümmert.«
Cerys zögerte. Dann fragte sie: »Wo wohnt er denn?«
»Bei mir ... im Moment.« Nick trank einen Schluck seines mittlerweile nur noch lauwarmen Kaffees.
In Cerys' Kopf überschlugen sich die Gedanken. In Nicks Wohnung... Hatte er ihr gerade angeboten, in seiner Wohnung aus- und einzugehen? Sie schluckte. Dieses Angebot war zu verlockend. – Aber wer war dieser mysteriöse Freund, um den sie sich dort kümmern sollte? Wieso war Nick überhaupt auf sie gekommen? Und – was hatte er für Verletzungen?
»Wie bist du gerade auf mich gekommen?« fragte sie, um Zeit zu gewinnen.
Nick zuckte mit den Schultern. »Ich kenne nicht viele Leute, denen ich vertrauen kann. Dir vertraue ich, weiß auch nicht genau, warum. Ist nur so'n Gefühl. – Und du wohnst in London. – Weißt du, ich kann dich dazu nicht zwingen, wenn du keine Lust hast, dann mußt du das sagen, ja?«
Cerys nickte langsam.
Unruhig spielte Nick mit einem Bierdeckel. Dann holte er eine Packung Zigaretten aus der Tasche und bot Cerys eine an. Sie lehnte ab.
Neugierig beobachtete sie, wie Nick sich eine Zigarette zwischen die Lippen schob und sie anzündete.
»Du kannst auch bei mir übernachten«, sagte er schließlich. Als er ihren erstaunten Gesichtsausdruck bemerkte, fügte er hinzu: »Es ist mir wirklich wichtig, daß Daniel nicht allein ist.«
Daniel. Daniel. Der Name blieb in ihrem Kopf. Sie hatte das Gefühl, besagten Daniel zu kennen.
»Ist Daniel auch jetzt gerade bei dir? Ich meine, vielleicht sollten wir ihn erstmal fragen, was er davon hält.«

»Heißt das, du machst es?« fragte Nick ungläubig.
Cerys wich aus. »Mal sehen.«
Ein erleichtertes Lächeln stahl sich auf Nicks Lippen.
»Wir können sofort zu mir gehen«, sagte er. »Ich wohne ja gleich um die Ecke.«
Cerys konnte es nicht fassen. Sie saß hier in dieser Gruftie-Kneipe mit Nick Jeffrey, und er war so menschlich, so greifbar. Und sie würde jetzt mit ihm in seine Wohnung gehen – und wenn dieser Daniel die Krätze hatte! Es war ihr egal – sie wollte einfach ein Stück Leben mit diesem Mann teilen. Denn natürlich empfand sie diese Vertrautheit, von der Nick gesprochen hatte, noch viel intensiver. Wie man so etwas als Fan immer sehr intensiv empfand. Man konnte sich quasi in so ein Gefühl hineinsteigern, bis man glaubte, das Idol müsse genauso empfinden.
»Cerys?«
»Ja, klar«, stotterte sie aufgeschreckt und ärgerte sich über ihre Unsicherheit.
Mit einer winzigen Handbewegung winkte Nick das Wesen heran und zahlte beide Kaffee. Cerys hatte den Eindruck, als würde Nick dieses Leben in Tüll und Spitze kennen. Wahrscheinlich wußte er sogar ob es männlich oder weiblich war. Aber war das nicht im Endeffekt egal?
Nick erhob sich langsam, leise. Seine Bewegungen waren weich und geschmeidig.
Zu den Klängen von BAUHAUS verließen sie die Kneipe.
Cerys – an Nicks Seite – ging wie auf Wattewolken. Sie konnte es einfach immer noch nicht glauben.
Nick war in Gedanken versunken. Er hoffte, daß Cerys ihm den Gefallen tat. Er konnte einfach nicht auf Daniel aufpassen. Es war zuviel für ihn, die letzten Gigs, die Interviews, die Parties...
Es war erschreckend, wer alles was von ihm wollte. Die Journalisten quälten ihn oft mit ihren löchernden Fragen, und manchmal war er einfach zu erschrocken, um zu antworten.

Die Straßen waren fast leer, keine Menschen, keine Autos, ein paar Nachtschwärmer lediglich. Nick fühlte sich unwohl. Er war froh, als der Hausschlüssel vertraut in seinem Schloß knackte.
Eilig trat Nick ein, Cerys folgte ihm unsicher.
Ein angenehmer Geruch durchströmte die Wohnung – irgendein Tee und Hasch.
Cerys atmete das Aroma ein. Sie hörte Nicks Stimme – er war bereits in die Küche gegangen – und eine andere, deutlich jüngere. Daniel?
Sie folgte Nick in die Küche, und als sie Daniel sah, erstarrte sie. Sie erkannte ihn sofort, er hatte auf einem Konzert neben ihr gestanden und war später mit Nick verschwunden. *Nicks Lover.* Aber was war mit ihm passiert?
Er stand dort mit bloßem Oberkörper, nur mit einer Shorts bekleidet, sein Rücken mit dicken, aufgequollenen Striemen übersäht, zum Teil blutig.
Es sah entsetzlich aus, und Cerys vermutete, daß er starke Schmerzen hatte.
Jetzt drehte Nick sich um und trug die Teekanne ins Wohnzimmer, an Cerys vorbei. Daniel starrte sie an.
»Hi.«
Sie räusperte sich. »Hallo.«
Und folgte den beiden in Nicks Wohnzimmer. Ihr Blick blieb auf Daniels Rücken haften. So schrecklich es aussah, es faszinierte sie auch auf eine morbide Weise.
Nick setzte sich auf eines der dunkelblauen Sofas und deutete auf Daniel. »Das ist Daniel.«
Cerys streckte ihm die Hand entgegen. Etwas verlegen sah Daniel sie an und erwiderte ihren Händedruck.
»Daniel – Cerys.«
In Cerys' Kopf entstanden die abstrusesten Gedanken. Warum war Daniel hier? Hatte Nick ihn am Ende selbst so zugerichtet? War Daniel sein Sklave? Vielleicht war sie jetzt in irgendein mörderisches Sexspiel hineingeraten?! Vielleicht

hatte Nick sie nur hergelockt, um sie später in einer schwarzen Messe zu opfern ...
»Möchtest du auch 'n Tee?« Daniels weiche Jungenstimme riß sie aus ihren wirren Gedanken.
»Ja, danke.« Ihre Stimme klang heiser. Nick musterte sie intensiv. Es sah fast so aus, als würde er ihre Gedanken lesen.
»Ich habe ihm das nicht angetan«, erklärte er lächelnd.
Cerys erschrak. Aber war seine Aussage nicht einfach nur logisch?
Daniel wurde rot, als er Cerys die Tasse reichte.
»Nein, Nick war es wirklich nicht«, bestätigte er.
Cerys nickte langsam. Sie beobachtete ihn, wie er sich eine Tasse Tee eingoß und sich anschickte zu gehen.
»Ich leg mich wieder hin, ja?«
Nick grinste. »Ja, geh ruhig. Sitzen kannst du ja eh nicht.«
Daniel zog eine Grimasse. Täuschte Cerys sich, oder war sein Gang leicht schwankend?
Sie sah sich im Zimmer um. Außer den schönen dunkelblauen Sofas und Sesseln befanden sich einige Verstärker, zwei E-Gitarren und mindestens drei Akustik-Gitarren in diesem Raum. An der Wand hingen drei CD-Racks, ein wunderschön gerahmtes Bild von Nick Drake und eine Collage mit Szenenbildern aus dem Film Velvet Goldmine. Eine violett-rote Lavalampe verbreitete angenehm gedämpftes Licht.
Sie führte die Teetasse an die Lippen und trank einen Schluck des herrlich duftenden Getränks. Sie hatte so viele Fragen an Nick, daß sie keine richtig formulieren konnte.
Nick hatte sich bequem in seinem Sofa zurückgelehnt. Er ließ Cerys sich umsehen, es war ihm bewußt, daß viele sich einfach nicht vorstellen konnten, wie er wohnte. Daß er überhaupt ganz normal wohnte...
Cerys räusperte sich. »Daniels Rücken... der muß ärztlich versorgt werden.«
Nick lachte leise. »Glaubst du vielleicht, der ließe da auch nur einen Arzt dran? Nope – das muß so heilen. Muß halt

desinfiziert werden und eingecremt. Dafür bräuchte ich natürlich auch deine Hilfe. Siehst ja, daß er da nicht viel machen kann.«
Cerys nickte. »Und du meinst echt, ich sollte hierbleiben? Hier ... übernachten?«
»Klar, wenn du willst.«
Cerys zögerte keinen Augenblick. »Ja, natürlich.«

Als Cerys Nicks Wohnung verließ, hatte sie das angenehme Gefühl etwas wirklich Wichtiges erreicht zu haben. Mit der Tube fuhr sie zurück zu ihrer Wohnung. Normalerweise fuhr sie um diese Uhrzeit nicht mehr allein mit der Tube, aber heute hatte sie eine Ausnahme machen müssen, oder nicht?
Sie fühlte sich nicht besonders wohl, denn es waren viele zwielichtige Gestalten unterwegs.
Natürlich wußte Cerys, daß große Teile Londons videoüberwacht waren. Aber – würde Hilfe wirklich rechtzeitig erscheinen, wenn ihr Gefahr drohte?
Sie schob die düsteren Gedanken beiseite, denn sie hatte erschreckend gute Laune. In Gedanken packte sie bereits ihre Tasche.
Die Laterne vor dem großen Haus, in dem sich ihre Wohnung befand, war bereits ausgeschaltet. Cerys schluckte kräftig, schalt sich ob ihrer Ängstlichkeit und suchte in ihrer Hosentasche nach dem Schlüssel, als sie plötzlich ein Geräusch hinter sich hörte. Ein Knistern, als verstecke sich jemand in den Büschen, die den Weg zur Haustür säumten. Cerys bemerkte, wie ihre Nackenhaare sich aufstellten.
Der Wind konnte es nicht sein, es war so gut wie windstill an diesem Abend. Sie spürte ihr eigenes Herzklopfen, zu schnell, zu laut – wieder das Geräusch.
Langsam drehte sie sich um.
Da sah sie, wie eine zierliche, schwarze Gestalt aus den

Sträuchern hinter ihr trat, sie anstarrte und dann gemächlich davonging. Cerys erschrak heftig. Doch der Schreck ließ sie nicht aufschreien sondern völlig starr werden. Mit zittrigen Fingern schloß sie die große Haustür auf und atmete geräuschvoll aus, als sich die Tür mit einem schmatzenden Geräusch hinter ihr schloß.
Doch als sie später in ihrer Wohnung war, erschien ihr der Vorfall vor ihrer Haustür als irreal. Wahrscheinlich hatten ihre angespannten Nerven ihr nur eine Streich gespielt.
Cerys sang leise vor sich hin, als sie einige Sachen in ihre große Nike-Sporttasche warf. Morgen würde sie bei Nick Jeffrey einziehen – zumindest vorübergehend. Die schwarze Gestalt war vergessen.
Sie verdrängte die Überlegungen, die ihr reger Geist immer wieder anstellte über die Frage, warum Nick ausgerechnet bei ihr angerufen hatte. Er kannte sie eigentlich gar nicht.

Mit gepackter Tasche aber ungutem Gefühl machte sich Cerys auf den Weg zum Bahnhof. Der Gig fand in Bristol statt, und sie hoffte, daß sie danach mit Nick zu ihm fahren konnte.
Doch irgendwie kam ihr alles so unwirklich vor. Der strahlende Sonnenschein, die Tatsache, daß sie im richtigen Zug saß, aber vor allem ihr gestriges Treffen mit Nick Jeffrey. Hatte das tatsächlich stattgefunden? Sie war sich nicht mehr sicher.
In Bristol verließ sie den Zug, schnallte sich die Sporttasche wie einen Rucksack auf den Rücken und machte sich zu Fuß auf den Weg zum Fleece & Firkin. Es waren nur ungefähr zehn Minuten Fußweg, doch Cerys kam es wie eine Ewigkeit vor. Was – wenn Nick sich gar nicht mehr an ihre Abmachung erinnerte?
Etwas unschlüssig stand sie schließlich vor dem großen Eingangstor und ließ sich die Sonne ins Gesicht scheinen.
Da alle Türen verschlossen waren, setzte Cerys sich auf die Stufe vor dem Eingang und wartete. Es war merkwürdig, mitten am Tag vor dem Club zu sitzen. Kein einziger Fan war in der Nähe, doch der Tourbus stand bereits auf dem Parkplatz.
Cerys zog ein Buch aus der Seitentasche ihrer Sporttasche, setzte sich eine Sonnenbrille auf die Nase und begann zu lesen.
Sie versenkte sich so in die Geschichte, daß sie die Zeit völlig vergaß, und als ihr jemand auf die Schulter tippte, zuckte sie erschrocken zusammen. Es war Ray.
»Möchtest du vielleicht schon mit reinkommen?« fragte er freundlich.
Dafür, daß es erst früher Nachmittag war, hatte er eine erstaunliche Alkoholfahne. Cerys lächelte ihn an.
»Klar, gern.« Sie klappte ihr Buch zu, verstaute es gut und folgte ihm in den Club.
»Du kannst die Tasche hier reinstellen«, sagte Ray. »Wir

fangen jetzt langsam mit dem Soundcheck an. Kannst dich ruhig umsehen – tu dir keinen Zwang an.« Er grinste. »Wenn dich jemand rausschmeißen will, ruf einfach um Hilfe. Wir retten dich dann.«

Cerys lachte leise und sah ihm nach, als er sich langsam entfernte. Sie stellte ihre Tasche ab und sah sich ein wenig um. Der gesamte Raum war mit verschiedenen Bandpostern dekoriert, die Einrichtung, bestehend aus ein paar Sesseln, einer Couch und zwei Holztischen sah ziemlich mitgenommen aus. Cerys verließ den Raum und schlenderte den langen Gang im Backstagebereich entlang, als sie ein Geräusch hörte. Überrascht drehte sie sich um und sah Nick auf sich zu rennen. Was war los?

Er stürzte an ihr vorbei Richtung Toiletten, ohne sie zu bemerken. Cerys zögerte keinen Moment, ihm nachzugehen. Sie folgte ihm auf die Herrentoilette, die erstaunlicherweise nicht so siffig war, wie der Rest des Clubs.

Nick hatte es nicht mehr geschafft, die Tür hinter sich zu schließen. Er kniete auf dem Boden und erbrach sich stöhnend in die Toilettenschüssel.

Cerys schluckte die Übelkeit, die in ihr aufstieg, hinunter und trat hinter ihn. Nick schien seinen Magen komplett entleert zu haben.

»Hey, alles okay?«

Nick drehte sich um, aber er schien sie nicht zu erkennen.

»Was tust du hier?« fauchte er unfreundlich. »Sieh zu, daß du hier verschwindest!«

Cerys spürte, wie ihr die Röte ins Gesicht schoß. Stumm und wütend drehte sie sich zum Waschbecken um und befeuchtete einen Stapel Papiertücher, den sie ihm wortlos reichte. Er nahm die Tücher, wischte sich damit durchs Gesicht. Dann lehnte er sich erschöpft an eine der vollgeschriebenen Wände. Plötzlich brach ein hysterisches Lachen aus ihm hervor.

»Willst du vielleicht ein Autogramm?«

»Komm, ich helf dir«, sagte Cerys leise, verwirrt. Sie faßte ihn

kräftig unter den Armen und half ihm, aufzustehen. Vorsichtig lehnte sie ihn an die Wand.
»Geht's wieder?«
Er schwieg, starrte sie düster an.
Cerys wußte nicht, was sie machen sollte. Sie wußte nicht einmal, ob er sie jetzt erkannte. Er schien völlig verändert.
»Nick – bist du hier?«
John bog um die Ecke und warf einen Blick in die Herrentoilette, wo er Nick und Cerys stehen sah.
Nick schwieg.
Cerys starrte John hilflos an.
»Ich glaube nicht, daß er schon wieder allein laufen kann«, sagte sie schließlich unsicher.
John nickte, zog Nick näher an sich heran und schlang den Arm um seine Hüfte. Dann hob er ihn auf die Arme wie ein Kind und trug ihn aus der Toilette heraus. Cerys blieb zurück.

»Ich kann nicht mehr«, keuchte Nick – doch John trug ihn weiter.
»Reiß dich zusammen, Nick. Nur noch bis zum Sofa.«
Nick stöhnte, die Schmerzen raubten ihm fast die Besinnung. Warum konnte das nicht endlich aufhören?
Er sah Sterne, die Tür vor seinen Augen schien sich zu bewegen. Sie schien zu wandern. Wie sollte er das bloß ertragen?
John stolperte, als Nick anfing sich zu wehren, aber er fing sich im letzten Moment. Es tat Nick leid, aber er hatte sich nicht mehr unter Kontrolle.
Wie auch immer – John schaffte es, ihn durch die sich immer wieder verschiebende Tür zu tragen und bis zum Sofa zu bringen.
Nick ließ sich fallen, seine Augen fielen zu – oder war er hellwach? Fast hätte er gelacht. Aber die Schmerzen raubten ihm den Atem. Seine Hände zitterten.

Er wußte, daß John ihn beobachtete. Aber was machte das schon? – Es war nicht das erste Mal, daß er ihn so sah.
Johns Stimme drang in sein Bewußtsein.
»Ich weiß, ich sollte sowas nicht sagen – aber verdammt noch mal, hör auf mit dem Zeug! Irgendwann fällst du tot um.«
Nick grinste müde. Er hatte das Gefühl, er wöge Tonnen. Vielleicht hätte er geantwortet. Aber er glaubte nicht, daß er es konnte. Seine Zunge lag schwer wie Blei in seinem Mund – möglicherweise könnte er sogar an ihr ersticken... Er sah John lange an, so lange, bis seine Augen wegglitten.
Er spürte seinen Körper nicht mehr, und er hatte Durst. John sagte noch etwas. Was, das konnte Nick nicht mehr hören...

Nick war so erschöpft, daß er sich kaum auf den Beinen halten konnte. Heute war es besonders schlimm, aber er zog den Auftritt durch, er war ein Profi.
Seine Stimme war vielleicht sanfter als sonst, sein Auftreten ruhiger. Er dachte darüber nach, daß er Cerys möglicherweise gekränkt hatte. Denn natürlich hatte er sie erkannt, er hatte nur nicht mehr angemessen auf ihr plötzliches Erscheinen reagieren können.
Er fühlte sich schlecht, doch er widerstand dem Drang sich zu setzen. Er ließ sich nicht anmerken wie sehr er litt.
Cerys genoß das Konzert, doch sie war noch immer erschrocken über den Vorfall am Nachmittag. Und sie wußte, daß Nick alles andere als gut drauf war.
Torian hielt sich im Hintergrund. Er wollte nicht gesehen werden. Doch er hatte dem Drang nicht widerstehen können, hierher zu kommen. Er konnte überall sein, wenn er wollte. Entfernungen spielten keine Rolle. Er war fasziniert von Nicks Stimme. Sie trug ihn in andere Welten. Und er begehrte Nick so sehr, daß es ihn schmerzte. Sein Engel – und er wußte es nicht einmal.

Phil fuhr Nick und Cerys mit dem Wagen nach London zurück. Nick schwieg während der gesamten Fahrt, er sah entsetzlich aus. Doch Cerys war trotz allem glücklich neben ihm zu sitzen. Es war verrückt, aber sie verdrängte sein kränkendes Verhalten einfach.
Sie schossen schweigend über die dunklen Straßen bis nach London. Phil fluchte einige Male über den Verkehr, der auch um diese Uhrzeit noch erheblich war.
Cerys bekam von alldem nichts mit.
Nick starrte mit glasigen Augen nach draußen.
Als sie vor Nicks Wohnung angekommen waren, kletterte Cerys aus dem Wagen und trug ihre und Nicks Tasche ins

Haus. Phil stützte Nick, der sich kaum auf den Beinen halten konnte. Es dauerte eine Ewigkeit, bis Nick den Wohnungsschlüssel gefunden hatte. Phil nahm ihm das Schlüsselbund aus der Hand und schloß die Tür auf.
Daniel schlief bereits auf der Couch im Wohnzimmer. Er hatte das Licht in der ganzen Wohung angelassen, und Cerys fragte sich, ob er vielleicht Angst gehabt hatte.
Nick war das alles egal. Er ließ sich von Phil ins Bett bringen. Er war totmüde, hatte Schmerzen und wollte sich um nichts mehr kümmern müssen. Falls irgendwas mit Daniel war – würde Cerys sich darum kümmern können. Er jedenfalls konnte das nicht mehr. Seine Augenlider waren schwer wie Blei, und er schlief ein, sobald er auf dem Bett lag.
Cerys brachte ihre Tasche in ein kleines Zimmer, in dem sich – außer einer eindrucksvollen Bücherwand – ein ausziehbares Sofa, ein Keyboard und technisches Equipment befanden.
Nick – oder war es Daniel gewesen? – hatte bereits Bettzeug in den Raum gebracht, sie mußte nur noch das Sofa ausziehen, sich darauf legen und schlafen. Doch eigentlich war sie viel zu aufgeregt.
Sie stellte ihre Tasche in eine Ecke und begann ihre Ruhestätte für die Nacht vorzubereiten. Dann zog sie ihre Sachen aus, legte sie ordentlich über die Lehne eines Stuhls und nahm ein mintgrünes kurzes Nachthemd aus ihrer Tasche. Entspannt kuschelte sie sich in die weiche Bettdecke und schlug ihr Buch auf.
Sie las noch lange, bis ihr die Augen zufielen. Erst dann löschte sie das Licht.
Irgendwann in der Nacht schrak Cerys auf und war für einen Moment desorientiert. Sie tastete nach dem Lichtschalter und als das Licht den kleinen Raum durchflutete, blinzelte sie verwirrt, bis ihr einfiel, daß sie in Nicks Wohnung war.
Sie stand auf, öffnete die Zimmertür und lauschte einen Moment in den Flur hinein.
Stille.

Nichts tat sich. Leise trat sie auf den Flur hinaus und tastete sich weiter bis zur Badezimmertür. Schwaches Licht fiel von draußen in die Wohnung, erleichterte die Orientierung ein wenig.
Cerys schaltete die Badbeleuchtung ein und erschrak. Auf dem Boden – an die Wand gelehnt – saß Nick.
Zischend stieß sie den Atem aus. »Mann, hast du mich erschreckt.«
Nick blinzelte.
Erst jetzt sah Cerys den aufgekrempelten Ärmel und die mit einem Gürtel am Oberarm gestauten Venen. Langsam trat sie auf ihn zu.
»Was soll das werden?«
Er schüttelte den Kopf. »Jetzt nichts mehr. Bin hart geblieben.«
Fassungslos starrte Cerys ihn an. »Du hast es nicht geschafft.« Sie sah die Spritze, den Löffel – das feine Pulver in dem kleinen durchsichtigen Beutel.
Er grinste humorlos. »Nein. Ich wollte nicht. Ich spritze schon länger nicht mehr.«
Sie kniete neben ihm nieder und löste den Gürtel von seinem Arm. Er zitterte leicht.
»Komm, steh auf«, sagte sie sanft und half ihm hoch. Er war so mager, daß sie seine Rippen an ihrem Körper spüren konnte.
Schwer stützte er sich auf sie, als sie ihn ins Schlafzimmer brachte.
»Leg dich aufs Bett, Nick. Ich hol dir noch was zu trinken.«
Er ließ sich einfach aufs Bett fallen und schloß die Augen. Die Schmerzen, die durch seinen Körper jagten, waren erträglich, hielten ihn wach. Er überlegte, was er stattdessen schlucken könnte. Valium vielleicht, oder... Aber er hatte morgen einen Interviewtermin, er mußte einigermaßen fit sein. Die Presse war so verdammt wichtig, und die Journalisten fielen über ihn her wie die Wölfe. Er hörte, wie Cerys zurückkehrte.

Ohne die Augen zu öffnen, sagte er: »Ich hab dich nie gefragt, was du eigentlich machst.«
Kopfschüttelnd sah sie ihn an. »Ich studiere Medizin.«
Sie reichte ihm das Wasser und stützte ihm den Kopf, als sie sah, daß er sich kaum aufrichten konnte.
»Oh, wie passend«, sagte er rauh. Seine Stimme war schlurrend.
»Du... du mußt mich morgen wecken, ich habe ein Interview um 10.00 Uhr.« Er verzog das Gesicht zu einer undeutbaren Grimasse.
Nachdenklich schaute sie ihn an.
»Wie wirst du morgen sein – ohne Dope?«
»Entsetzlich, vermutlich. Ich weiß es nicht.«
Wieder jagte ein Schaudern durch seinen Körper.
»Hast du Schmerzen?«
»Nein«, log er.
Sie schwieg. Dann: »Soll ich dir helfen, dich auszuziehen?«
Er schlug die Augen auf. Das gedimmte Licht schien noch zu hell für ihn zu sein. Er lauschte den Regentropfen, die auf die Fensterscheibe prasselten. Langsam versuchte er, sich aufzusetzen.
Cerys wartete einen Moment und half ihm dann, sein Hemd zu öffnen, um es ihm von den Schultern zu streifen. Sie holte ein frisches T-Shirt aus dem Schrank und zog es ihm vorsichtig über den Kopf. Seine Oberarme waren so dünn, daß sie sie fast mit einer Hand umfassen konnte. Dann öffnete sie die Knöpfe seiner Hose. Sie wußte, daß er sie beobachtete.
Es war einige Arbeit, die enge Cordhose über seine Beine zu ziehen, da Nick kaum imstande war, ihr zu helfen.
Cerys erschrak über die hervorstehenden Hüftknochen unter der schwarzen Shorts, die er trug. Doch andererseits zog sie dieser Anblick unwiderstehlich an. Es war grotesk, sie sehnte sich danach ihn zu berühren. In ihrem Innern tobte ein Kampf. Aber sie ließ sich nichts anmerken. Er hatte bisher noch nicht erkennen lassen, daß sie ihm mehr bedeutete, als ein guter

Freund. Und – bei Gott – sie würde sich keine Abfuhr von ihm holen!
Erst jetzt sah sie die filigran gearbeitete Tätowierung. Sie verlief großflächig von Nicks Oberschenkel über seinen spitzen Hüftknochen.
Sie räusperte sich. »Ich wußte gar nicht, daß du tätowiert bist.«
»Ich spring ja auch nicht nackt auf der Bühne herum ...«, sagte er mit einem sarkastischen Unterton in der Stimme.
Cerys verzog das Gesicht zu einer Grimasse. »Wo hast du das machen lassen?«
Nick seufzte leise, bevor er antwortete: »Ein Freund von mir ist Tätowierer. Wir... standen uns eine Zeitlang sehr nah, und er hat mich dazu überredet. Er fand das Motiv an der Stelle... sexy.« Er grinste schwach.
»Tat das nicht sehr weh, dort?« fragte Cerys mit gerunzelter Stirn.
Nick starrte sie schweigend an. Er erinnerte sich deutlich an die fast unerträglichen Schmerzen, an die Lust, die er dabei empfunden hatte und an die Intimität der Sitzungen. Doch das alles brauchte er Cerys nicht zu sagen. Vielleicht stand es in seinen Augen geschrieben. Er war müde, unendlich weit weg. Er mußte sich um nichts mehr kümmern, nur noch schlafen.

4. Kapitel

Nick erschrak heftig, als er Torians Gesicht sah. Irgendwo in der Menge, es leuchtete kurz auf. Reflektierte das grelle Scheinwerferlicht.
Nick hatte Mühe, sich auf die Songs zu konzentrieren. Er dachte nur noch an Torian, sein hübsches, feminines Gesicht, die schwarzen Augen.
Eine dunkle Begierde kroch wie eine Schlange durch seinen Körper. Er hörte, wie seine eigene Stimme sich veränderte, wie sie g i e r i g wurde. Die schwarze Masse vor seinen Augen schrie und tanzte. Lautstark sangen sie die Texte, seine Texte – mit ihm zusammen. Ein unglaubliches Machtgefühl durchströmte seinen angespannten Körper. Irgendwo dort unter ihnen war Torian. Er spürte es. Heiß und kalt lief es ihm den Rücken hinunter.
Er sehnte den letzten Song herbei. Bis er endlich in Torians Arme fallen konnte.
Mit ihm zusammen verließ Nick den Club. Er wußte nicht, wohin Torian ihn mitnahm. Es war alles so irreal, so verwirrend. Er wußte nicht einmal, wie er hierher gekommen war.
Torians Lippen waren eisig an seinem Hals. Sein Atem war kalt. Schmerzhafte Erregung durchzuckte Nick, er konnte kaum an sich halten.
Mit beiden Händen umfaßte er Torians schmales Gesicht. Er sah in die schwarzen Augen und verlor sich in ihrem Sog.
Von fern hörte er Torians Stimme: »Mein Engel, mein Licht.«
Nick spürte die kühlen Hände auf seinem Körper. Er war nackt, lag auf dem Fußboden. Im Kamin neben ihm brannte ein wärmendes Feuer.
Als er sich ein wenig aufrichtete, sah er Torian neben sich knien. Sein weißer Körper schimmerte matt im Schein des Feuers. Torians Hände waren weich, samtig... überall. Zärtlich

berührte er Nicks Brust, ließ seine Hände zwischen seine Beine gleiten, erregte Nick in unerhörter Weise.
Die Hitze in seinen Lenden drohte Nick zu verbrennen. Er seufzte.
»Komm zu mir. Ich halte das nicht länger aus.«
Torian lachte leise, glockenhell und unmännlich. »So ungeduldig...«
Er beugte sich hinunter und küßte Nicks Männlichkeit. Seine zarte Zunge bereitete Nick unendliches Vergnügen. Trieb ihn in den Wahnsinn.
Mit sanftem Zwang drehte Torian ihn auf den Bauch. Küßte ihn zwischen den Schulterblättern, fuhr mit den schlanken Fingern an der Wirbelsäule entlang.
»Du göttliches Geschöpf – ich möchte dir nicht wehtun. Nicht jetzt ...«, flüsterte Torian.
Nick verstand die Worte nicht – er hörte sie kaum. Die Lust in seinem Körper überrollte ihn, umnebelte seinen Geist. Er spürte Torians Gewicht, wand sich unter ihm, wie eine Schlange.
»Ich will dich jetzt spüren.« Seine eigene Stimme, so rauh und fremd.
»Ja, ja natürlich.« Er streichelte über Nicks Rücken. »Das wollt ihr Engel immer.« Er lachte leise. »Ihr kennt den Schmerz nicht.«
Nick erschauderte – doch die Lust in seinem Körper war unausweichlich. Er wollte Torian, alles in ihm schrie danach. Und Torian ließ ihn nicht länger warten.
Und Nick sah nicht Torians Lächeln, als dieser sich in sein heißes Fleisch bohrte. Ihn zerriß, als er ihn nahm. Er schrie. Doch Torian war unerbittlich.
»Mein Engel – welch süßer Schmerz.« Sein eigentümlicher Singsang breitete sich in Nicks Bewußtsein aus. Er keuchte, geriet in Ekstase, getrieben durch die Angst, den Schmerz und die Lust, die seinen Körper erzittern ließen.
Er brannte. Die Flamme in seinem Körper breitete sich aus,

nahm ihn völlig gefangen.
Torian bereitete ihm Schmerzen, so rein wie kristallklares Wasser.
Und plötzlich spürte Nick die messerscharfen Zähne an seinem Hals, die sich durch seine zarte Haut bohrten. Er war so überrascht, daß er ganz still hielt. War er wirklich überrascht?
Torians unterdrücktes Knurren erregte ihn, weckte irgendeinen animalischen Instinkt in ihm. Sein heißer Lebenssaft floß durch Torians Kehle. Er schmeckte nach Begierde und Angst und erfüllte Torians eisigen Leib mit wildem Leben.
Nick keuchte vor Schmerzen, wagte nicht sich zu rühren.
»Ah, das ist gut«, seufzte Torian schließlich, als sein brennender Durst gestillt war. Schwer und befriedigt rollte er von Nick herunter.
Der lag ganz still, wagte kaum zu atmen. Er spürte das winzige Blutrinnsal an seinem Hals. Die Wunde brannte. Sein Herzschlag war quälend langsam. Erst jetzt bemerkte er, daß sich seine Hände in den Teppich gekrallt hatten. Vorsichtig löste er seine verkrampften Finger.
Torian drehte ihn zurück auf den Rücken und sah ihn lächelnd an. Seine Lippen hatten ihre Totenblässe verloren, sein Gesicht schimmerte in einem sanften Rosa.
»Du bist nicht einmal überrascht, mein Engel«, sagte Torian leise.
»Bin ich nicht?« fragte Nick rauh. Noch immer pochte der Schmerz in seinen Eingeweiden.
Sacht berührte Torian ihn an der Brust, ließ seine Finger über Nicks Rippenbögen gleiten.
»Nein. Bist du nicht. – Du wußtest es schon vorher – irgendwo hier.« Er tippte mit dem Finger leicht auf Nicks Brust.
Der war zu schwach, um zu erschaudern. Er fühlte sich unendlich schwer, doch sein Geist war losgelöst von seinem

Körper, frei von Zeit und Raum. Hellwach und gleichzeitig totmüde. Er schloß die Augen, davon überzeugt, sofort einzuschlafen. Doch er schlief nicht ein.
Torians helle Stimme drang in sein Bewußtsein.
»Siehst du? Du hast noch nicht einmal Fragen. Es scheint, als hättest du mich erwartet.«
Mit schlurrender Stimme sagte Nick: »Mein süßer Dämon, du sprichst von Engeln, als würdest du tatsächlich an sie glauben.«
»Ah, du nennst mich Dämon«, sagte Torian überrascht. »Ja, ich glaube an Engel – denn ich kenne ja welche.«
»Ja.« Nicks Tonfall ließ alles offen. Er war so erschöpft, daß er keine Energie mehr für ein Gespräch aufbringen konnte. Er fragte sich, wie er nach Hause, in sein Bett, kommen sollte. Oder konnte er etwa hierbleiben? Waren Daniel und Cerys heil bis in seine Wohnung gekommen?
Das Summen in seinem Kopf verstummte. Auf einmal war es ganz still. UNHEIMLICH still, fast beängstigend. Nick wartete auf Torians Stimme, doch er wartete vergeblich, bis er schließlich in einen tiefen, traumlosen Schlaf fiel.

Erst am späten Vormittag erwachte Nick aus einer Art Trance. Seine Kehle war unangenehm trocken, und er hatte nicht den Eindruck, einen erholsamen Schlaf gehabt zu haben. Langsam drehte er den Kopf und stellte fest, daß er sich in seinem eigenen Schlafzimmer befand. Eigenartig, dachte er. Er hatte doch nicht alles nur geträumt?
Doch als er den Versuch startete, aufzustehen, streikte jede gemarterte Faser seines Körpers. Überrascht und vom Schmerz überwältigt, ließ er sich zurück ins Bett fallen. Wie sollte er bloß in die Küche kommen, um sich wenigstens ein verdammtes Glas Wasser zu holen?
Torian hatte ihn wirklich fertiggemacht – wenn denn diese ganze Geschichte nicht nur seinem verwirrten Geist

entsprungen war.
Vorsichtig betastete er seinen Hals – und fand die wunden Stellen, die kleinen Einstiche von Torians Raubtierzähnen. Trotz seiner Schmerzen mußte er grinsen. Verrückt war er jedenfalls nicht.
Plötzlich bemerkte er, wie sich leise – verstohlen – die Tür öffnete. Er erschrak. War Torian hier? Oder war sonst noch jemand in seiner Wohnung?
Sein Herz raste, das Blut pulsierte schmerzhaft in seinem Kopf.
»Nick?« Daniel schob vorsichtig seinen Kopf durch die Tür.
Daniel, natürlich. Der Junge wohnte ja zur Zeit bei ihm. Nick schwankte zwischen einem Wutausbruch und einem hysterischen Lachanfall. Er atmete tief durch. Wie konnte Daniel ihn nur so erschrecken?
»Nick – alles okay?«
»Ja, komm rein«, sagte Nick schließlich mühsam, die Stimme so rauh, daß sein Hals schmerzte.
Daniel betrat das Zimmer. Nick sah sofort die steile Falte zwischen seinen Augenbrauen, den skeptischen Gesichtsausdruck.
»Geht's dir gut?« Daniel blieb neben dem Bett stehen und sah auf ihn hinunter.
»Nein, beschissen.«
»Dachte ich mir fast. Du bist ja wohl tierisch abgestürzt gestern, was?« Daniels Stimme klang nicht im geringsten vorwurfsvoll. Eher neugierig.
Nick zuckte mit den Schultern und richtete sich ein wenig auf. In seinem Kopf dröhnte es. »Wie bin ich hierher gekommen?«
Daniel lachte. »Ich dachte mir, daß du dich nicht mehr erinnern kannst. – So'n Typ hat dich abgeliefert. So'n ganz schlanker, zierlicher. Sah unglaublich gut aus, hab mich gewundert, daß er dich tragen konnte.«
»Torian«, sagte Nick leise.
»Du hast schrecklich ausgesehen. Hab mir echt Sorgen

gemacht. – Aber der Typ meinte, du wärst morgen wieder fit.«
»Naja, fit ist auch was anderes.« Er runzelte die Stirn. »Kannst du mir vielleicht was zu trinken bringen?«
Daniel nickte. »Was denn?«
»Wasser... mit Salz.«
Daniel schüttelte sich, aber er brachte Nick das Gewünschte.
Er setzte sich langsam zu Nick auf das Bett und wartete bis Nick getrunken hatte. Vorsichtig nahm er ihm das große Glas aus der Hand.
»Ist... dieser Typ dein... Freund?« fragte er zögernd.
Nick runzelte die Stirn, bis eine Falte zwischen seinen Augenbrauen entstand.
»Nein«, sagte er schließlich leise.
Daniel nickte. »Ich... fand ihn total unheimlich.«
Wieder zögerte er, fand nicht die richtigen Worte. »Hat, ich meine, hat er dir irgendwas angetan, oder warst du einfach nur voll?«
Nick starrte ihn an. »Ich trinke nichts, das weißt du doch.«
Instinktiv verbarg er die kleinen Einstiche an seinem Hals.
Daniel zuckte mit den Schultern. »Möchtest du noch schlafen?«
Nick seufzte. »Ja, ich glaube, wenn ich noch ein bißchen schlafe, geht's mir nachher besser.«
Daniel stand auf.
»Wie geht's eigentlich deinem Rücken?« fragte Nick leise.
Daniel verzog das Gesicht. »Cerys verarztet mich gleich noch. Es tut noch immer höllisch weh – aber...« Wieder zuckte er mit den Schultern.
Nick grinste. »Du bist auch hart im Nehmen, Kleiner, was?«
Daniel lachte. »Knallhart.« Dann verließ er Nicks Zimmer und schloß leise die Tür hinter sich.
In der Küche stand Cerys am Herd, ihr Haar war zu einem dicken Zopf zusammengebunden.
»Was machst du da?« fragte Daniel erstaunt, als er eintrat.
»Spaghetti und eine Tomatensoße«, antwortete Cerys

grinsend. »Meine Kochkünste sind ziemlich begrenzt.«
Daniel trat näher und sah ihr über die Schulter.
»Soll ich mich erst um deinen Rücken kümmern?«
Daniel nickte. »Nick schläft wieder, ich glaube nicht, daß er das heute noch macht.«
»Wer war der Typ, der ihn heute nacht nach Hause gebracht hat?« fragte Cerys und drehte sich zu Daniel um.
»Ich weiß nicht. – Nick hat nur gesagt, daß er Torian heißt.«
Er klang merkwürdig. Doch auch Cerys fühlte sich so. Merkwürdig. Warum nur hatte sie einen so eigenartigen Eindruck von Torian? Sie hatte ihn lediglich durch einen schmalen Türspalt hindurch beobachtet. Aber er hatte sie entdeckt und mit einem durchdringenden Blick angestarrt, so daß sie sich rasch zurückgezogen hatte.
Sie deckte den Topf mit einem Deckel ab.
»Na, dann komm mal eben mit, wenn ich dich noch verarzten soll.«
Daniel sah sie fragend an.
»Das machen wir am besten im Wohnzimmer, oder?«
Der Junge nickte, verschwand im Bad und kehrte mit Mullbinden, Salben und Pflaster zurück. Er folgte Cerys ins Wohnzimmer, wo er die Sachen auf den Tisch legte und sich langsam auszog. Es war ihm sehr unangenehm, sich vor Cerys auszuziehen, aber er wußte, daß seine Verletzungen versorgt werden mußten.
Er ließ die Hose nur bis zu den Knien herunter und legte sich bäuchlings auf die bequeme Couch, die ihm auch als Bett diente.
Cerys setzte sich neben ihn, entfernte die alten Verbände und säuberte die Schnitte.
»Du solltest noch vermeiden, dich hinzusetzen, Daniel. Die Haut reißt immer wieder auseinander.«
Daniel stöhnte leise. »Danke für den Tip.«
Cerys zögerte einen Moment, dann sagte sie: »Hast du eigentlich den Eindruck, daß wir uns bei Nick *eingenistet*

haben?«
Daniel drehte den Kopf und sah sie überrascht an. »Nein. – Ich... ich glaube sogar, es ist ganz gut, daß wir hier sind. Ich weiß nicht, warum. Ist nur so'n Gefühl.«
»Ja. Vielleicht hast du recht. Ich glaube, na ja, die Situation – mit Nick in einer Wohnung – überfordert mich noch ein bißchen.«
Sie befestigte die letzte Mullkompresse mit Leukoplast, dann schlug sie sich plötzlich mit der flachen Hand vor die Stirn.
»Das Wasser für die Nudeln...« Hastig sprang sie auf und sprintete in die Küche.
Daniel lachte leise und zog sich vorsichtig wieder an.

Daniel lag in seinem provisorischen Bett und las. Er hatte Nicks Privatbibliothek durchstöbert und war auf einen Roman von Dean Koontz gestoßen, der ihn nicht mehr losließ. Das Liegen auf der Seite tat ihm nach kurzer Zeit weh, so daß er sich ständig drehen mußte. Cerys hatte die Wunden am Abend nur gereinigt, aber nicht mehr verbunden.
Daniel strich sich die Haare aus dem Gesicht und blätterte auf die nächste Seite um. Er war so konzentriert, daß er nicht bemerkte, wie Nick eintrat.
Erst als der Schatten auf sein Buch fiel, erschrak er leicht und schaute nach oben.
Nick sah ihn an. Schmerzlich brannte sein Verlangen in seinen Augen. Daniel wußte, was er wollte.
»Nick?«
Nick sah ihn schweigend an. Daniels stumme Einladung war die pure Verlockung.
»Komm zu mir.« Seine Stimme war so jung, doch samtig, verführerisch.
Nick legte sich zu ihm. Seine Begierde brannte lichterloh.
»Ich will dir nicht wehtun...«
Daniel zuckte zusammen, als Nicks Hände vorsichtig über die dicken, roten Striemen glitten.
»Bitte.«
»Hör auf mich zu bitten«, flüsterte Daniel. »Du weißt, wie sehr ich dich begehre.«
Nick sah ihn beschämt an. »Aber du hast noch solche Schmerzen.«
Daniel nahm eine von Nicks Händen und hauchte einen Kuß darauf. Atemlos sah er zu, wie Nick sich seiner Kleidung entledigte und wieder zu ihm ins Bett kam. Das Buch war vorerst vergessen.
Nick verschloß Daniels süßen Knabenmund mit seinen Lippen. Er atmete Daniels Atem, fuhr sanft mit seinen langen, schlanken Fingern über dessen schmale Hüfte.

Daniel erschauderte, versank in Nicks wissenden blauen Augen und ließ sich von seinem eigenen Feuer davontragen.
»Knie dich hin, mein Süßer«, sagte Nick leise, die Stimme rauh vor Anspannung. »Ich tu dir zu weh, wenn ich mich auf dich lege.«
Langsam kam Daniel Nicks Aufforderung nach. Für einen Augenblick waren die Schmerzen vergessen, die pure Lust überlagerte sie.
Nick nahm sich Zeit, obwohl er kaum mehr klar denken konnte. Er bereitete Daniel gut vor und nahm ihn so zart er konnte, doch er wußte, daß Daniel wieder bluten würde, und er schämte sich für seine Ungeduld.
Vorsichtig küßte er Daniels Rücken, leckte über die Wunden und wunderte sich über den leicht metallischen Geschmack des Blutes.
Es dauerte nicht lange, bis er kam, er wollte den Jungen auch nicht länger als nötig quälen. Vor seinen Augen löste sich alles in weiße Funken auf, und es dauerte einige Zeit, bis er wieder richtig sehen konnte. Seine Hände umklammerten Daniels schmale Hüfte, er hatte fast Mühe, sie von ihm zu lösen.
Schwer ließ er sich neben ihn fallen und seufzte. Als er die Augen aufschlug, sah er, daß Daniel ihn beobachtete. Nick lächelte und zog ihn auf sich.
»Komm zu mir, Süßer.«
Daniel erschauderte, denn »Süßer« hatte Nick ihn in ihrer ersten Nacht genannt, und er erinnerte sich noch genau an die alles versengende Lust, die in ihm gebrannt hatte. Auch jetzt loderte das Feuer in ihm, und er nahm nur zu gern Nicks Einladung an und kniete sich über seinen nackten Brustkorb.
Nick umfing seine Erektion mit den Händen. Zärtlich strich er mit den Fingern über die prall mit Blut gefüllten Adern.
Er lächelte. »Ein Kind bist du wirklich nicht mehr.«
Daniel grinste verlegen.
Nicks Hand schloß sich wieder um Daniels aufgerichtetes

Geschlecht, und die zunächst langsame, dann schneller werdende Bewegung entlockte Daniel ein leises Stöhnen. Mit weit geöffneten Augen sah er auf Nick hinunter, beobachtete sowohl sich, als auch Nick.

Als er seinen nahenden Orgasmus spürte, versuchte er, sich aus Nicks Umklammerung zu befreien, doch der hielt ihn fest. Und so sah Daniel mit einer Mischung aus Entsetzen und faszinierter Erregung, wie sein Sperma auf Nicks Gesicht spritzte.

Dieser schloß nur für einen kurzen Moment die Augen, und auf seinen Lippen setzte sich ein breites Grinsen fest.

Daniel keuchte, als er sich auf Nick hinuntersinken ließ.

»Ich... ich...«

Vorsichtig wischte er mit einem Ärmel eines T-Shirts einen Teil des Spermas von Nicks Wange.

Nick sah ihn an, und als er die Verwirrung in Daniels Gesicht sah, fing er an zu lachen.

»Es... tut mir wirklich leid«, stotterte Daniel erschrocken, denn er konnte Nicks Lachen überhaupt nicht einordnen.

Mit der Hand befreite sich Nick von Daniels restlichem, nach abgestandenen Salzwasser riechenden Saft. Lasziv steckte er sich einen Finger in den Mund, leckte ihn ab und grinste Daniel an.

»Wofür entschuldigst du dich?«

Daniel starrte ihn an.

Nick strich ihm mit einer kleinen Bewegung die Haare aus dem Gesicht. »Es macht dich an, wenn du dir vorstellst, daß du mich benutzt, oder?«

Daniels nun wirklich erschrockener Gesichtsausdruck sagte ihm, daß er recht hatte.

»Weißt du, was es bedeutet? – Macht.«

Nick zog ihn zu sich heran und küßte ihn auf die Stirn. »Ich mag das«, flüsterte er. »Ich hoffe, es hat dir gefallen.«

»Ja«, sagte Daniel leise.

»Du brauchst dich nicht entschuldigen. Du bist kein Novize in

einem Kloster – was du geil findest, sollst du bekommen.«
Daniel grinste. »Ist das ein Versprechen?«
Nick verzog die Mundwinkel zu einem spöttischen Lächeln. »So gefällst du mir besser.«

5. Kapitel

Cerys hörte einen durchdringenden Schrei. Noch nie zuvor hatte sie einen Menschen so schreien hören. Es war ein Geräusch, das tief aus einer gepeinigten Seele zu kommen schien, und dieser Schrei durchzuckte sie wie ein Stromstoß.
Was um Himmels Willen war passiert? Irritiert und erschrocken stolperte sie aus der Dusche und warf sich in Hose und Pullover. Sie hätte schwören können, daß es Nick war, dessen Schrei sie gehört hatte. Sie schluckte.
Es war jetzt ganz still in Nicks Wohnung. Nur der Regen trommelte gegen die Fensterscheiben.
»Nick?« Sie öffnete vorsichtig die Tür zu seinem Schlafzimmer.
Trotz der zugezogenen Vorhänge sah sie Nick auf dem Boden sitzen. Die Arme um seinen schmächtigen Körper geschlungen. Er keuchte.
Cerys trat ein wenig näher.
»Nick – was ist passiert?«
Er fixierte sie ruhig. Sein Gesichtsausdruck stand in krassem Gegensatz zu seinem aufgewühlten Körper.
»Geht schon wieder«, sagte er leise, blieb jedoch in der gleichen Haltung sitzen.
»Kann ich dir irgendwie helfen?« fragte Cerys.
»Nein.« Nick schloß die Augen. Er hörte den Regen und vergaß für einen Moment, daß Cerys noch im Raum war. Er dachte an Torian, seinen kleinen Dämon. Seinen gefallenen Engel. Er dachte an seinen kalten Atem und seine samtweichen Hände, an die alles verschlingende Lust, die er ihm bereitete...
Als er die Augen wieder öffnete, sah er, daß Cerys direkt vor ihm kniete. Er erschrak sichtlich.
Cerys bemerkte, daß er zitterte. Sie zog eine Decke von seinem Bett und legte sie ihm liebevoll um die Schultern.
Sein Zittern war völlig unkontrolliert.

Unsicher sah Cerys ihn an. »Soll ich dir einen Tee machen?«
»Ich brauch was ganz anderes«, fuhr Nick sie an. Als er ihr erschrockenes Gesicht sah, sagte er: »Tut mir leid. Ich bin ein Arschloch. – Ja, ein Tee wäre lieb.«
Cerys stand auf und setzte Wasser auf. Manchmal wußte sie selbst nicht, warum sie sich auf diesen ganzen Kram eingelassen hatte. Sie und Nick waren sich noch immer nicht viel nähergekommen. Und sie wußte nicht einmal, warum. Mochte Nick sie vielleicht gar nicht so sehr, wie sie sich das einbildete?
Cora war sofort mit Ray und Julian ins Bett gegangen. Natürlich prahlte sie damit. Ihre Art a l l e s zu erzählen, nervte Cerys nicht unerheblich. Aber sie hatte wenigstens erreicht, was sie wollte! Warum – zum Teufel – nahm sie das alles auf sich? Es war totaler Irrsinn. Was wollte sie mit einem verrückten Goth-Sänger? Noch dazu mit einem, der ein offensichtliches Drogenproblem hatte?
In der Küche traf sie auf Daniel, der sie besorgt ansah.
»Ist was mit Nick?«
Cerys zuckte mit den Schultern. »Ich glaube, es geht schon wieder.«
»Ich habe schon geschlafen, da habe ich auf einmal einen Schrei gehört...«
»Es ist alles in Ordnung, wirklich. Du kannst dich ruhig wieder hinlegen.« Sie lächelte ihm beruhigend zu. Dann kehrte sie mit dem Tee in Nicks Zimmer zurück. Er hatte sich nicht von der Stelle bewegt. Vorsichtig stellte sie die Teekanne auf den Boden und goß ihm eine Tasse ein.
»Nick, du siehst furchtbar aus.« Sie fixierte ihn eindringlich.
»Bist du auf irgendeinem Trip?«
Nicks Lippen verzogen sich zu einem Grinsen, das in seinem ausgemergelten Gesicht jeglichen Humor verloren hatte.
»Nein – alles okay. Ich... bin zur Zeit nur etwas blutarm«, sagte er und lachte laut auf.
Cerys starrte ihn irritiert an. Sie wußte nicht, was daran so

komisch war.
»Dann mußt du vielleicht mal zum Arzt.«
Nicks Lachen wurde noch ausgelassener. »Bestimmt.«
Erst jetzt sah Cerys das Pflaster an seinem Hals. Entsetzt starrte sie ihn an.
»Sag mal – du spritzt dir das Zeug doch wohl nicht in den Hals, oder?!«
Nick tat, als wüßte er nicht, was sie meinte. »Hm?«
»Du weißt doch genau, was ich meine! – Wenn dir eines Tages die Schädeldecke wegfliegt, dann hoffentlich nicht, wenn ich dabei bin.« Cerys biß sich auf die Lippe, das hatte sie nicht sagen wollen. Schweigend reichte sie ihm die Tasse.
Nick nahm sie mit zittrigen Händen entgegen, doch das Grinsen in seinem Gesicht blieb bestehen.
»Ich gehe nicht drauf, keine Bange.«
Ungläubig sah Cerys ihn an. »Wer bist du, daß du so etwas glauben kannst?«

In der Ferne hörte er das drohende Grollen des Donners. Die Luft hatte sich verändert, war frischer. Ein angenehmer Wind zog auf. Daniel legte einen Schritt zu. Er konnte den aufziehenden Regen förmlich riechen.
Mit schnellen, leichten Schritten ging er die Straße hinunter – er hatte kein Geld mehr, um sich ein Ticket für die U-Bahn zu kaufen. Es blieb ihm also nichts anderes übrig, als zu gehen.
Er hatte den Haustürschlüssel vergessen, und da er nicht wußte, ob Nick zu Hause war, hoffte er inständig, daß Cerys da sein würde. Aber das mußte sie doch! Sie war schließlich engagiert, um auf ihn aufzupassen, oder nicht?
Daniel mochte Cerys, sie hörte ihm zu, war für ihn da. Sein Leben schien ein wenig aus den Fugen geraten zu sein. Er wußte selbst nicht mehr, wie es dazu gekommen war. Aber er wunderte sich nicht, daß seine Mutter nicht nach ihm suchen ließ. Wahrscheinlich hatte sie nicht einmal bemerkt, daß er nicht mehr da war.
Die ersten Tropfen berührten seine nackten Arme und kündigten einen dicken Regenschauer an. In Kürze würde er naß bis auf die Haut sein. Daniel sah die ersten grellweißen Blitze den Himmel durchschneiden. Der Regen verstärkte sich.
Er war kühl, doch nicht unangenehm. Daniel genoß das Gefühl des langsam immer nasser werdenden T-Shirts auf seiner wunden Haut.
Der Himmel verdunkelte sich schnell, ließ die Blitze noch greller, noch mächtiger erscheinen.
Dicke, wasservolle Tropfen prasselten auf die Erde, auf die Straßen, durchweichten Daniels Kleidung. Doch er setzte seinen Weg unbeirrt fort. Menschen unter aufgespannten Regenschirmen oder Zeitungen verborgen, hasteten an ihm vorbei. Beachteten ihn gar nicht.
Als er schließlich vor Nicks Wohnungstür stand, bemerkte er, daß er außer Atem war. Wasser lief ihm aus den Haaren, an

den Schläfen hinunter, er war durch und durch naß. Seine Hose klebte an seinen Schenkeln.
Er klingelte, hoffte, daß Nick da war. Eine Weile tat sich nichts, dann hörte er Cerys' schleppende Stimme. »Ja?«
»Cerys – hier ist Daniel. Läßt du mich rein?«
Er hörte das müde Summen des elektronischen Türöffners. Cerys stand bereits an den Türrahmen gelehnt. Sie sah ihn an, ihre Lider waren schwer.
Als er an ihr vorbei in die Wohnung trat, bemerkte er den Alkoholgeruch, der von ihr ausging. Er runzelte die Stirn.
»Bist du betrunken?«
Sie starrte ihn mit glasigen Augen an. »Ja, ich habe eine... ganze Flasche Rotwein getrunken.«
»Aha. – Ist Nick nicht da?«
Sie seufzte. »Nein, ich hätte mich wohl kaum... kaum in seiner Gegenwart betrunken.«
Sie schloß die Tür und fixierte ihn eindringlich.
»Zieh dich aus, Daniel. Du bist ja klitschnaß.«
Daniel nickte langsam, Cerys' eindringlicher Blick verunsicherte ihn.
Seine Sachen waren alle in Nicks Schlafzimmer untergebracht. Als er sich das T-Shirt über den Kopf zog, stand Cerys plötzlich hinter ihm und reichte ihm ein Handtuch.
»Dein Rücken sieht immer noch schlimm aus.«
Er drehte sich um. »Findest du? Er tut aber schon längst nicht mehr so weh.«
Sie berührte ihn vorsichtig. »Ich weiß noch immer nicht, wie das passieren konnte. Du sprichst nie darüber.«
Daniel zuckte zusammen. »Es war meine eigene Schuld.«
Cerys starrte ihn an, machte dann plötzlich einen raschen Schritt auf ihn zu und drückte ihm einen festen Kuß auf die kalten Lippen.
Daniel sah sie erstaunt an, wich aber nicht zurück. Der veränderte Gesichtsausdruck Cerys' überraschte ihn. Was

wollte sie von ihm? Doch es blieb ihm keine Zeit darüber nachzudenken, denn Cerys faßte ihn mit erstaunlicher Kraft an beiden Armen und drängte ihn in Nicks Bett.

Daniel flog in die weichen Decken, hielt bei der Landung die Luft an, denn seine Haut war noch immer sehr empfindlich.

»Was soll denn das?«

Cerys schwankte einen Moment, dann legte sie sich zu ihm.

»Hey...«

Er spürte Cerys' Hand an seinem Schenkel, fühlte, wie sie seine Hose öffnete. Für einen Moment schoß ihm der Gedanke durch den Kopf, daß Nick das mit der Betreuung vermutlich anders gemeint hatte. Aber, was Cerys tat, war nicht unangenehm und so ließ er ihre überraschende Annäherung zu.

Cerys' Hände waren warm, und er wußte, wie sie sich anfühlten, denn sie hatten ihn schon so oft berührt. Niemals jedoch hatte er an etwas Sexuelles dabei gedacht.

Zärtlich küßte sie seinen Hals, umhüllte ihn mit ihrem warmen, alkoholgeschwängerten Atem.

Er schloß die Augen und versuchte, sich zu entspannen. Doch er wußte nicht, ob er Cerys' Berührungen genießen konnte. Er hatte noch niemals zuvor was mit einem Mädchen gehabt.

Cerys bemühte sich, ihm die nasse Hose von den Beinen zu ziehen. Daniel half ihr lachend dabei – er empfand das alles merkwürdigerweise als Spiel.

Die weiche Bettdecke auf seinem feuchten, kalten Körper war angenehm, und Cerys' warme Küsse erinnerten ihn an Nick.

Er spürte, wie sich ihre Erregung steigerte, ihr Atem war heiß an seiner Haut. Doch gerade das verunsicherte ihn.

Er fühlte ihre Hände an seinem Körper, zärtlich streichelte Cerys ihn zwischen den Beinen.

Doch Daniel konnte nicht darauf reagieren. Er war hin- und hergerissen, schwankte zwischen Verzückung und Entsetzen. Ein Zittern durchlief seinen Körper, er hörte Cerys' samtiges, doch fremdes Flüstern.

»Entspann' dich doch, Daniel.«
»Ich glaube nicht, daß ich das kann«, sagte Daniel leise, gepreßt.
Cerys zögerte einen Moment. »Aber... aber dein Körper ist so schön, so begehrenswert.« Ihre Stimme war noch immer schleppend.
Und Daniel spürte ihren Wunsch, ihr Verlangen nach seinem Körper. Aber er konnte das nicht. Es war verrückt, denn er hätte ihr jeden Gefallen getan. Aber diesen...
Er sah sie an, ließ dann den Blick durch Nicks Schlafzimmer schweifen – und sah Nick am Türrahmen lehnen. Er beobachtete sie.
Daniel erschrak heftig, hatte das Gefühl, sich unter der Bettdecke verstecken zu müssen. Doch Nick grinste schon jetzt und so verkniff Daniel sich dieses kindische Verhalten.
Auch Cerys hatte Nick mittlerweile bemerkt. Daniel hatte den Eindruck, daß sie schlagartig nüchtern wurde.
»Was macht ihr in meinem Bett?« fragte Nick jetzt – überflüssigerweise – amüsiert.
Daniel sagte nichts. Nicks plötzliches Auftauchen hatte ihm die Sprache verschlagen. Die Situation war ihm unglaublich peinlich, und er war wütend auf Cerys, da sie ihn in diese Lage gebracht hatte.
Cerys überwand ihre Erstarrung. »Nichts.«
Nick lachte. »Nichts?«
Daniel errötete. Erst überfiel Cerys ihn in dieser Weise und dann erzählte sie noch, daß nichts gelaufen war! Als wäre das alles seine verdammte Schuld!
Zornig stand er auf und rauschte an Nick vorbei aus dem Zimmer. Seine Nacktheit war ihm völlig gleichgültig. Er wußte sowieso nicht, wie er sich überhaupt soweit darauf hatte einlassen können.
Nick sah ihm nach, dann wieder zu Cerys.
Sie war verunsichert. Sie wollte nicht aus dem Bett steigen, denn immerhin war auch sie nur noch halbbekleidet. Aber sie

lag in Nicks Bett, was ihr völlig unangemessen erschien, und es wäre auch nicht verwunderlich gewesen, wenn Nick darauf bestanden hätte, daß sie aus seinem Zimmer verschwände.
Aber Nick schwieg, wandte sich um und entfernte sich. Einen Moment lang dachte er darüber nach, Daniel nachzugehen, um mit ihm zu reden, doch er verwarf diesen Gedanken.
Daniel hatte sich im Badezimmer verbarrikadiert. Nick hörte, daß er duschte.
Er ging in sein Wohnzimmer, zog aus einem der Schränke ein kleines Tütchen mit weißem Pulver. Aus einem Blatt Papier formte er sich ein festes Röhrchen, verteilte zwei Drittel des Pulvers auf zwei schmale Linien auf dem glatten Tisch und ließ dann beide Linien in seiner Nase verschwinden.
Entspannt ließ er sich gegen die Couch sinken. Der Stoff war gut, auch wenn er seine Lust auf Heroin kaum dämpfte.
Er saß noch etwa eine viertel Stunde dort gegen die Couch gelehnt, in der weder Daniel noch Cerys sich blicken ließen, bevor er seine Wohnung wieder verließ.

Torians Wohnung war in Nicks Augen einzigartig. Sie verband auf sehr unkonventionelle Art Stilrichtungen aus verschiedensten Zeitaltern und Kulturen. Aber das alles war nicht etwa wahllos zusammengestellt, es schien irgendwie zusammen zu passen. Allein durch den Umstand, daß sich alles in Torians Besitz befand, schien es sich miteinander arrangiert zu haben.
Nick saß in einem der bequemen, altmodischen Sessel in Torians Wohnung.
»Und ich komme nach Hause und finde Cerys mit Daniel in meinem Bett.«
»Du fragst dich doch nicht wirklich, warum – oder?«
Nick runzelte die Stirn. »Doch.«
Torian lachte leise, und wie immer jagte dieses Geräusch einen Schauder über Nicks Rücken.
»Sie will dich, mein lieber Freund. Und da sie dich nicht bekommt, hat sie sich Daniel ins Bett geholt. – Er ist ein ganz Süßer. Wenn ich nicht wüßte, daß ich ihn umbringe, würde ich ihn auch gern mal...«
»Torian!«
Torian sah ihn amüsiert an. »Du glaubst doch nicht etwa, daß du der einzige für mich bist? – Ich würde das gar nicht aushalten – und du würdest es nicht lange überleben, wenn ich dir jede Nacht zuleibe rücken würde.«
»Du bist mir nicht treu?« fragte Nick und versuchte, ein empörtes Gesicht zu machen, was aber gründlich mißlang.
Torian lachte.
»Daniel konnte es übrigens nicht«, sagte Nick und grinste.
Torian sah ihn erstaunt an. »Nicht? – Das wundert mich. Cerys ist eine hübsche junge Frau.«
Nick schüttelte den Kopf. »Er ist total auf Männer fixiert.«
»Er ist zu jung, er kann das alles noch gar nicht überblicken.«
Torian beugte sich nach vorn, um nach der Weinflasche zu greifen. Nick wußte, daß er sie nur mit seinem Willen hätte

bewegen können, aber in seiner – Nicks – Anwesenheit auf solche Dinge verzichtete. Es wäre bloße Angeberei, hatte er einmal dazu gesagt.
Nick schwieg eine Zeitlang. Dann sagte er: »Ich bin wirklich froh, daß Cerys sich um Daniel kümmert. Sie erscheint mir so anders als andere Menschen.«
Torian sah ihn lange an. »Sie hat ein absolut reines Herz, vielleicht ist es das, was du spürst. Deswegen hat sie Angst vor mir. Sie hat mich als etwas Fremdes erkannt, aber sie kann es nicht einordnen.«
»Warum sollte ich spüren können, ob jemand ein reines Herz hat«, fragte Nick stirnrunzelnd.
Torian lächelte humorlos. »Du glaubst mir einfach nicht.« Er fixierte ihn eindringlich. »Irgendwann machst du mich wütend damit, daß du mir nicht glaubst.«
Nick zuckte mit den Schultern. »Torian, ich fühle mich wie ein ganz normaler Mensch.«
»Das bist du aber nicht«, sagte der Dämon leise.
Nick seufzte. Das, was Torian behauptete, erschien ihm absolut abwegig.
»Warum sollte ich dir glauben? Ich hatte eine Familie, ich kann mich an meine Kindheit erinnern.«
Torian lachte boshaft. »Du kannst dich an deine Kindheit erinnern? – Ich glaube, ich weiß da mehr als du.«
»Was meinst du?«
»Ich weiß zum Beispiel, daß deine Mutter von einem Engel geschwängert wurde und daß dein *Vater* sie in den Tod getrieben hat.« Er sagte das so nüchtern und gefühllos, daß Nick zusammenzuckte. Ein kalter Erinnerungsschauder jagte durch Nicks Gehirn. Wütend blitzte er Torian an. »Wenn du mich nerven willst, gehe ich jetzt.«
»Deine Drohungen lassen mich kalt. – Natürlich kannst du dich erinnern. Du kommst ja schließlich nicht aus dem Nichts. Aber deine Seele, die ist vielleicht schon viel älter, als du glaubst.«

»Und was passiert, wenn ich irgendwann sterbe?« fragte Nick ungeduldig
»Warum solltest du sterben? Du *mußt* nicht einmal altern.«
Erstaunt sah Nick ihn an. »Und wie soll ich das machen?«
»Hör einfach auf damit! – Es sein denn...« Er zog eine Grimasse. »Du willst deinen Körper nicht mehr. Dann nämlich würde deine Seele sich einen anderen Körper suchen, und du würdest alles nochmal durchmachen müssen, deine Kindheit, deine Jugendzeit... Und vielleicht wird dich wieder jemand so quälen, wie dein Vater es tat – der nicht einmal wußte, daß du nicht seine Brut warst. Du wirst es immer schwerer haben, weil du kein Mensch bist. Ich habe es da wesentlich einfacher. Ich bin auch nicht so schrecklich anfällig. – Die meisten von euch Engeln sind entsetzlich menschlich. Viele wissen nicht mal, daß sie gar keine Menschen sind. Ihr seid wirklich meist armselige Kreaturen, aber von einer solchen Reinheit...« Er starrte Nick lüstern an.
»Du degradierst mich«, ärgerte sich dieser.
Torian grinste. »Nichts liegt mir ferner. Ich bete dich an. Glaubst du, du hättest sonst meine Aufmerksamkeit erregt?«
Nick lachte auf. »Du betest mich an?«
Der andere tat beleidigt. »Lach nicht darüber! Du weißt nicht, was Hingabe bedeutet.«
»Na, dann scheine ich ja doch irgendetwas Besonderes an mir zu haben«, mutmaßte Nick. »Denn Menschen neigen dazu, sich mir hinzugeben.« Und mit einem breiten Grinsen fügte er hinzu: »Und nicht nur Menschen.«
»Oh, deine überhebliche Seite hatte ich noch nicht kennengelernt.«
Nick fixierte ihn eindringlich. »Was weißt du schon von mir...«
Torian stand auf und starrte aus dem Fenster. »Mehr als du glaubst. – Ihr erinnert mich an Wells' *Eloys* aus Time Machine, in eurer Schönheit und Unwissenheit. Vielleicht kannte Wells einen Engel und hat ihn zum Vorbild

genommen?«
Nick starrte ihn an. »Und ihr? – Seid ihr auf dieser Welt um uns zu fressen?«
Torian drehte sich um und grinste Nick an. »Wer weiß...«
»Wir können uns also fortpflanzen«, sagte Nick, nach einer Weile des Schweigens.
Torian lachte leise. »Du fängst also an, mir zu glauben.«
»Und?«
»Ja, auf zwei Arten sozusagen. Die eine ist die Seelenwanderung, wenn dein Körper stirbt, muß sich deine Seele eine neue Hülle suchen. Sie ist unsterblich. Aber – das betrifft wohl nicht deine Frage, oder?«
»Das ist keine Fortpflanzung«, sagte Nick stirnrunzelnd.
Torian sah ihn aufmerksam an. »Du hast den Samen zur Zeugung eines weiteren Geschöpfes deiner Spezies in dir. Es ist für euch immer der gleiche Kampf: eine geeignete Familie für euren Nachwuchs zu finden.«
»Samen für *ein* Kind?« fragte Nick ungläubig. »Vielleicht habe ich das schon gezeugt.«
»Wie alt bist du?«
»25«, antwortete Nick kopfschüttelnd.
»Hast du seit deinem 25. Geburtstag ungeschützten Sex mit einer Frau gehabt?«
»Was sind das für Fragen?«
Torian lachte. »Kannst du das etwa nicht beantworten?«
»Doch, kann ich«, sagte Nick gereizt. »Nein, hatte ich nicht.«
»Dann hast du auch keinen Nachkommen bisher gezeugt.«
»Verrückte Theorie«, murmelte Nick.

Zerknirscht stand Cerys im Türrahmen des Wohnzimmers und sah auf Daniel hinunter. Der tat, als bemerke er sie gar nicht. Sie war jetzt wieder vollkommen nüchtern und schämte sich. Sie wußte nicht, was in sie gefahren war. Natürlich mochte sie Daniel. Er hatte einen wunderschönen Körper, und sie flirtete gern mit ihm. Er war einfach ein Junge, auf den die Frauen flogen, vielleicht gerade weil er diese auffallend weibliche Ausstrahlung hatte. Cerys wußte, daß er eigentlich viel zu jung für so etwas war. Sie selbst war sechs Jahre älter als er! Aber da war etwas an ihm, das sie anzog. Die unschuldige Art, wie er sie anschaute. Seine großen, meist geschminkten Augen. Seine *Unmännlichkeit.* Seine Süße. Aber sie hätte wissen müssen, daß er nicht auf Frauen stand.
Und der Gipfel der Peinlichkeit war natürlich, daß Nick sie in seinem Bett erwischt hatte. – Sie konnte absolut nachvollziehen, daß Daniel jetzt sauer war.
Aber diese Situation überforderte sie. Sie hatte keine Ahnung, was sie jetzt tun sollte. Und sie konnte sich so schlecht entschuldigen.
Schließlich sah Daniel von seinem Buch auf und starrte sie an.
»Ist schon gut«, sagte er leise.
»Bitte?« Cerys glaubte, sich verhört zu haben.
»Es ist schon okay«, sagte Daniel. »Du brauchst jetzt nicht die ganze Nacht an meiner Tür zu stehen und überlegen, was du sagen sollst.«
»Es tut mir echt leid.«
»Mir auch«, sagte er kopfschüttelnd.
»Du bist sauer, nicht wahr?«
»Nein, hat sich schon wieder gelegt. Es gibt Schlimmeres, als mit einer Frau im Bett zu liegen und nicht zu können.« Jetzt grinste er.
»Aber ich dachte, es sei wegen Nick«, wandte Cerys ein.
Daniel winkte ab. »Der vögelt doch auch mit Torian, oder?«
Erstaunt sah Cerys ihn an. »Ich glaube, das alles übersteigt meinen Horizont. Ich bin wohl echt etwas altmodisch in der

Beziehung.«
»Ist doch okay.« Daniel zuckte mit den Schultern. »Eigentlich ist *etwas altmodisch* ja auch besser, als wenn du mit jedem ins Bett springen würdest.« Er zögerte einen kurzen Moment. Dann: »Warum wolltest du mit mir...«
Cerys unterbrach ihn eilig. »Ich hatte zuviel getrunken.«
»Und jetzt willst du nicht mehr?« fragte er anzüglich.
Cerys wurde rot.
»Danke, das reicht mir als Antwort«, sagte er grinsend.
»Ist wieder alles in Ordnung zwischen uns?« fragte Cerys vorsichtig.
Daniel nickte gnädig. »Wenn du mich jetzt in Ruhe weiterlesen läßt...«

6. Kapitel

Auf allen Vieren kroch Nick durch das Gewusel und Gelächter. Überall nacktes Fleisch, er war schon seit einiger Zeit orientierungslos. Es gab kaum Licht in diesem Raum.

Heiße Arme umschlangen ihn, zogen ihn auf weiche Haut hinunter. Er sank zwischen zwei kräftige, glatte Beine.

Nick sah in ihr Gesicht und runzelte die Stirn. Er kannte sie. Ihre Stimme nahm ihn gefangen. Er verfluchte das Zeug, das er eben geschluckt hatte.

»Nick... oh Nick.« Ihre Beine umschlangen ihn, hielten ihn fest. Mit einer fließenden Bewegung drehte sie ihn herum, so daß er auf dem Rücken zu liegen kam. Und so ritt sie ihn, anfangs sacht, dann immer wilder.

Nick hätte nicht einmal beschwören können, daß er überhaupt eine Erektion hatte. Scheiße, warum hatte er sich überhaupt darauf eingelassen?

Sie keuchte. »Das habe ich mir schon immer gewünscht.«

Nick träumte davon. Er hatte den Eindruck völlig bewegungsunfähig zu sein. Wie konnte er ihr bloß entkommen?

Seine Gedanken drifteten wieder ab. Er fühlte nur noch seine angespannten Lenden, ihre stoßartigen Bewegungen.

Und plötzlich stand Torian über ihm und sah ihm direkt ins Gesicht. Torian.

Nick konnte den Blick seines geliebten Dämons nicht deuten. Er wollte was sagen, doch seine Lippen waren versiegelt. Er hatte nicht einmal die Kraft, seine *Reiterin* abzuwerfen. Und Torian starrte ihn an.

Nick wurde heiß und kalt, seine Zähne klapperten. Er fühlte sich wehrlos, gefangen in seiner eigenen Unfähigkeit. Warum war Torian hier? Warum sah er ihm zu?

Torians schmale Lippen verzogen sich zu seinem spöttischen Lächeln, das Nick nicht ertragen konnte. Um diesem für einen

Moment zu entgehen, schloß er die Augen. Als er sie wieder öffnete, war Torian verschwunden.
Suchend wendete er den Kopf, bis sein Nacken schmerzte, während seine *Reiterin* ekstatisch keuchend ihre langen roten Fingernägel in seine Brust grub. Bis sie einen Moment lang auf ihm erstarrte.
»Hey, hast du den Pariser auf deine Brust gelegt?«
Nick hatte keine Ahnung, wovon sie sprach, aber er spürte, wie sie sich an ihm zu schaffen machte.
Er stöhnte. Warum zum Teufel machte sein Schwanz nicht einfach schlapp? Er hatte doch schon so oft versagt, Heroin macht impotent, Alkohol macht impotent... Warum nicht auch jetzt? Warum war er nicht ganz einfach besoffen? Dann könnte sich jetzt jedes verfickte Huhn auf ihn schwingen, ohne daß sich auch nur das Geringste bei ihm tat. Er hätte nicht mit dem Alkohol aufhören sollen...
Nick fühlte sich benommen, er konnte keine klaren Umrisse erkennen. Er befand sich in einem ganz eigenartigen Geisteszustand, beobachtete die Szene von oben herab, war sich aber durchaus im Klaren darüber, daß er die Situation nicht unterbrechen konnte.
Und auf einmal hörte es auf. Und es war unerträglich laut. All die Stimmen, die durcheinander tönten, sprengten seinen Kopf. Aber sein Körper war in Ruhe. Er versuchte die Frau zu fixieren, die noch immer auf ihm saß.
Mit halbgeschlossenen Augen beugte sie sich zu ihm herab. Ihn überkam das drängende Bedürfnis ihr auszuweichen.
»Das war der beste Fick meines Lebens«, hauchte sie.
Er konnte es kaum verstehen, doch die Aussage des Satzes donnerte durch sein umnebeltes Hirn. So'n Quatsch, dachte er und sagte: »Aha.«
Dann, endlich fand er die Kraft sie von sich herunter zu schubsen.
»Is' Torian noch hier?« Seine Stimme, so unendlich weit entfernt.

»Wer?«
Nick versuchte sich aufzurichten. Dieses Scheißzeug würde er nicht mehr anrühren. Das zerfraß einem ja das Hirn!
Ohne sich weiter um sie zu kümmern, kroch Nick davon. Seine Beine zitterten. Irgendwo lagen seine Klamotten. Er hatte nicht den leisesten Schimmer wo. Und – verdammt – er wußte auch nicht mehr, wo er war, wie er hierher gekommen war und wie zum Teufel er wieder nach Hause kommen sollte! Warum war Torian nicht mehr hier? Warum – verdammt – war niemand hier, der sich um ihn kümmerte?
Bei einem plüschigen beigen Cocktailsessel angekommen, richtete er sich auf, um sich dann an einer der Armlehnen hochzuziehen. Vielleicht hatte er von oben einen besseren Überblick? Es kostete ihn erstaunlich viel Kraft aufzustehen, doch noch erstaunlicher war, daß er überhaupt aufstehen konnte.
Sie lagen überall, in inniger Umarmung, keuchend, stöhnend, kopulierend. Nacktes Fleisch und bekannte Gesichter.
Der Geruch von Alkohol und Hasch lag über allem. Er war erdrückend, aufdringlich, wie die Frau, die ihn eben in ihren Fängen hatte. Jennifer... Jennifer. Nick dachte angestrengt nach. – Jennifer Delaney, Frontfrau von HALO STUFF. Ach du Scheiße... er hatte keine Lust auf solche Gerüchte!
Noch immer umnebelte die Droge seine Gedanken, seine Wahrnehmung. Er kam sich auf eine unangenehme Weise hilflos vor – denn er wollte nur weg von hier. Er sehnte sich nach Torian, verabscheute die Dekadenz, die ihn umgab.
Natürlich war es ebenso dekadent der Geliebte eines Wesens wie Torian zu sein. Aber das schien aus irgendeinem Grund vorherbestimmt.
Vielleicht hatte Torian ihm diese Vorherbestimmung auch nur eingeredet, aber es hörte sich so richtig an.
Nick klammerte sich an die hohe Rückenlehne des Sessels, um nicht umzufallen. Er war noch immer nackt, ohne eine Ahnung, wo sich seine Kleidung befinden könnte.

Da berührte ihn eine kalte Hand an der Schulter. Noch bevor Nick sich umgedreht hatte, wußte er, daß es Torian war. Der trug Nicks Kleidung über dem Arm. Er lächelte kalt. Nicks Herz machte einen Aussetzer vor Freude.
»Torian... bring mich nach Hause.« Nicks Stimme klang rauh, in diesem Moment fast zu männlich, wie Torian fand.
Er ließ seinen Blick lüstern auf Nicks nacktem Körper ruhen. Genoß diesen Anblick, bis er ihn mit sich aus dem Zimmer zog.
Nick stolperte, seine Beine versagten ihm ihren Dienst. Er hatte kein Gefühl seine Bewegungen zu koordinieren. Außerdem war es ziemlich dunkel. Er fluchte laut.
Im letzten Moment riß Torian ihn hoch. Seine Augen funkelten, sammelten das wenige Licht wie Katzenaugen. Er blitzte Nick an.
Unheimlich, dachte Nick – doch er vertraute Torian. Es blieb ihm im Endeffekt auch nichts anderes übrig. Er war ihm natürlich ausgeliefert – aber er wollte nur nach Hause.
Torian stützte ihn, als er sich langsam anzog. Es war ein merkwürdiges Gefühl, daß Torian ihm half. Ein so unwirkliches Wesen wie Torian half ihm bei einer so profanen Sache wie Anziehen – verrückt. Nick lachte leise.
Torian starrte ihn an. »Warum lachst du?«
Doch Nick schüttelte den Kopf. Es schien eine Ewigkeit zu dauern, bis er vollständig bekleidet war. Noch immer war ihm schwindelig.
Torian schleppte ihn eine breite, mit Teppich ausgelegte Treppe hinunter. Die Farbe des Teppichs konnte Nick im Dunkeln nicht erkennen. Große Gemälde hingen an der Wand. Nick konnte sich nicht erinnern, diese beim Reingehen bereits bemerkt zu haben. Er konnte sich auch nicht an die hochherrschaftlich ausgestattete Eingangshalle erinnern, die jetzt kaum beleuchtet war. Seine Füße versanken in edlen Teppichen – oder versank er im Boden? Wer wohl dort unten auf ihn wartete? Dort unter dem Marmorboden. Seine Füße

drangen durch den weißen Stein wie durch Watte. Doch Torians fast schmerzhafter Griff hinderte ihn am Versinken.
»Reiß dich zusammen, Nick.« Wie ein Peitschenhieb knallte dieser Satz durch sein Bewußtsein.
Torian zerrte ihn in ein Taxi – wann immer er das gerufen hatte. Nicks letzter Eindruck war das Gefühl von grobem Kies unter seinen Füßen gewesen.
Er mußte unbedingt herauskriegen, wo er gewesen war. Im Moment war er jedenfalls nicht in der Lage, diese Frage zu formulieren. Er ließ seinen dröhnenden Kopf auf Torians Schulter sinken, hörte, wie Torian dem Fahrer seine, Nicks, Adresse nannte.

Nick kam wieder zu sich, als Torian ihm das Hemd aufknöpfte. Er fühlte sich entsetzlich, doch sein Körper reagierte unvermittelt heftig auf Torians Anwesenheit. Er schlang einen Arm um ihn und zog ihn zu sich heran.
Überrascht lächelte Torian ihn an. »Na, wie geht's dir?«
»Schrecklich«, murmelte Nick. Er bedeckte Torians Gesicht, seinen Hals mit warmen Küssen. Glatt und kühl glitten Torians Hände über seine Brust.
»Hast du heute nicht schon genug gehabt?«
Nick blickte ihn aus halbgeschlossenen Augen an. Sein ganzer Körper erbebte vor Sehnsucht.
»Ich weiß nicht – sag du's mir. Du hast mich doch beobachtet.«
Torian lachte. Seine Hand lag schwer auf Nicks aufgerichteter Männlichkeit.
»Du hast heute genug gefickt«, sagte er langsam, jedes Wort betonend. Er schob Nick mit erstaunlicher Kraft ganz aufs Bett. Dann entkleidete er ihn vollständig.
Diese sanften, scheinbar emotionslosen Berührungen trieben Nick fast in den Wahnsinn. Er brannte. Konnte sich nur mühsam davon abhalten, über Torian herzufallen. Warum war

er bloß so entsetzlich geil? Er zitterte vor Erregung, jede Berührung von Torian durchzuckte ihn wie ein Stromstoß.
»Torian...« Seine Stimme klang drängend, fast flehend. Er schämte sich dafür.
»Vergiß es, Nick.«
Nick versuchte, seine Worte zu ignorieren. Er zog Torian zu sich aufs Bett. Und auf einmal änderte sich der Ausdruck in den Augen des Dämons. Nick erschrak über diese plötzliche Wandlung, diese unmäßige Gier, die aus Torians Augen leuchtete.
Mit einer schnellen, viel zu kräftigen Bewegung drehte Torian ihn auf den Bauch. Nick hielt den Atem an.
»Na gut«, flüsterte Torian rauh. »Aber ich werde dich auch nur benutzen. Werde mir nur meinen Spaß holen. – Und dann wirst du das zweite Mal an diesem Tag mißbraucht. Möchtest du das?«
Nick erschauderte wohlig. Torians Gewicht auf seinem Rücken steigerte seine Lust ins Unerträgliche. Ja, er wollte es. Mehr, als alles andere.
Torian faßte mit einer Hand in Nicks volles schwarzes Haar und riß ihm den Kopf zurück. Erschrocken schrie Nick auf.
»Antworte mir, Nick. Möchtest du das?«
Nicks Kopfhaut brannte. »Ja, ja...«
Seine Antwort ging unter in einem kehligen Stöhnen, als Torian sein Geschlecht mit einer Hand umfaßte. Und er war so grob, daß Nick die Tränen in die Augen traten.
Schließlich bestieg er ihn hart, unbarmherzig. Aus Nicks Kehle löste sich ein Schrei, doch er hörte trotzdem Torians Worte: »Jetzt bekommst du, was du wolltest.«
Er spürte, wie sich die tödlichen Raubtierzähne durch seine Haut bohrten. Die Schmerzen machten in rasend, doch Torian nagelte ihn auf dem Bett fest. Mit unmenschlicher Kraft nahm er Nick, nahm sich, was er wollte, bis er Nick besaß. Bis Nick nicht mehr konnte, alle Gegenwehr aufgegeben hatte.
Torian lachte leise. »Habe ich dich jetzt weich geritten?«

Nick keuchte, er spürte nur noch Schmerzen und eine einzigartige Lust. Er konnte nicht sprechen, konnte Torian nicht antworten. Lag nur einfach da und wartete, bis Torian fertig war, bis er sich neben ihn rollte und ihn anstarrte.
Nick starrte zurück, beobachtete, wie Torian schließlich aufstand und sich anzog.
»Schlaf schön, Nick. Erhol dich ein bißchen.« Mit diesen Worten verließ er ihn.

Nick schaffte es am nächsten Morgen nur mit allergrößter Willensanstrengung aufzustehen. Die Erinnerungen an die letze Nacht waren schwarz, dunkelschwarz – und das hieß auf keinen Fall, daß er sich nicht erinnern konnte. Mühsam schleppte er sich ins Badezimmer und wusch sich das angetrocknete Blut von den Oberschenkeln. Dann machte er sich einen Tee in der Küche.
Als Cerys eintrat, saß Nick in der Küche, mit dem Rücken an die hellblau gekachelte Wand gelehnt. Hellrotes Blut floß aus seiner Nase.
Erschrocken trat Cerys auf ihn zu.
»Mein Gott, Nick. Was ist passiert?«
Nick schluckte. Er verzog sein Gesicht zu einer Grimasse, die vermutlich ein Lächeln sein sollte.
»Nichts.«
»Was heißt hier nichts? Willst du mir erzählen, du blutest einfach nur so?« fragte Cerys aufgebracht.
»Ja.« Er legte den Kopf wieder in den Nacken und brach damit den Blickkontakt ab. Sein T-Shirt war mittlerweile blutverschmiert. Wie lange er wohl schon so gesessen hatte, fragte Cerys sich.
»Hör auf mich anzustarren, Cerys«, sagte Nick leise. »Das hört gleich wieder auf.«
Sie schloß die Augen für einen Moment und atmete tief durch.
»Es hört immer wieder auf, nicht wahr?«

»Ja. Ja, natürlich.«
»Und eines Tages fällst du einfach um und bist tot«, sagte sie sarkastisch.
Nick antwortete nicht.
Cerys trat neben ihn und sah von oben auf ihn herab. Er hatte die Augen geöffnet, schaute sie an, unergründlich.
»Warum tust du dir das an?« fragte sie leise. »Du siehst doch, wie dein Körper darunter leidet.«
»Vielleicht muß ich das tun«, sagte er. »Vielleicht kann ich gar nicht anders?«
Cerys wurde wütend. »Jeder kann anders!« fauchte sie. »Du konntest doch auch mit dem Alk aufhören.«
Nick winkte ab. Er wollte nicht darüber sprechen. Eigentlich wollte er gar nicht reden. Er fragte sich nur, warum seine Nase noch immer blutete. Schlechte Gerinnungswerte, wahrscheinlich. Torian würde bei diesem Anblick vermutlich ein schieres Luststöhnen überkommen.
Aber Cerys' Begeisterung hielt sich in Grenzen. Sie wollte sich mit ihm streiten, und das schon am Vormittag.
Er hatte große Lust auf einen Schuß. Jetzt eine Linie zu ziehen, kam ja wohl nicht in Frage. Er atmete geräuschvoll aus. Die Wand an seinem Hinterkopf war unangenehm kalt. Blut lief ihm über die Oberlippe, suchte sich einen Weg in seinen leicht geöffneten Mund. Er ließ es zu.
Die Stille, die sie beide umgab, war beruhigend, aber auch unheimlich. Er hätte zu gern gewußt, was in Cerys' Kopf vorging. Oder auch nicht.
Wahrscheinlich haßte sie ihn in diesem Augenblick. Ja – das war sogar sehr wahrscheinlich.
Er haßte sich ja auch. Seine elende Schwäche. Seine Unfähigkeit einfach damit aufzuhören. Das alles war ihm zuwider. Und er haßte es, daß da was war in seiner Vergangenheit. Etwas, das er nicht einordnen konnte. Etwas Dunkles, was ihn von innen heraus zu zerfressen drohte. Seine Träume, seine Unfähigkeit sich zu erinnern. Seine

blutüberströmten Hände...
Er brauchte einen Schuß.
Cerys brachte ihm ein nasses Handtuch. Vorsichtig betupfte sie damit sein Gesicht. Entfernte die Blutspuren, so gut, wie es ging.
Es schien, als hätte die Blutung aufgehört, vorerst zumindest.
Nick saß einfach nur da und ließ ihre Behandlung über sich ergehen. Cerys hatte den Eindruck, daß er völlig neben sich stand. Sie erinnerte sich an Nicks Schrei, sein Keuchen, was sie in der letzten Nacht hatte hören können.
Daniel war zu ihr ins Bett gekommen, hatte sich an sie gedrängt und sich die Ohren zugehalten. Er hatte es nicht mehr ertragen können. Sie hatte ihn im Arm gehalten, selbst nicht mehr wissend ob Nick vor Schmerzen oder Lust geschrien hatte.
»War Torian in der letzten Nacht hier?« fragte sie schließlich langsam.
Nick schloß die Augen. »Waren wir zu laut?«
Cerys wurde rot, und das machte sie wütend. »Es ist deine Wohnung.«
Nick zuckte mit den Schultern und öffnete die Augen wieder. »Das ist keine Antwort auf meine Frage.«
»Torian hat dich nach Hause gebracht, ich möchte sagen, mal wieder in einem desolaten Zustand. Ich wollte nur wissen ob er über Nacht geblieben ist.«
»Cerys«, Nick grinste boshaft. »Ich entschuldige mich in aller Form. Wir waren zu laut, nein – *ich* war zu laut. Ich hatte mich vergessen, okay?«
»Hör auf, dich über mich lustig zu machen!« fauchte sie. »Wir haben uns lediglich Sorgen um dich gemacht.«
Er winkte ab und stand langsam auf. Cerys hätte ihn am liebsten zurück auf den Stuhl geschubst, aber das wagte sie nicht. Sie trat zur Seite und sah ihm nach, wie er breitbeinig die Küche verließ.
Wütend verzog sie sich in ihr Zimmer. Es war so typisch – sie

bekam einfach keinen Kontakt zu ihm. Er tat, was er wollte, was ja auch sein gutes Recht war, doch er blockte alle Fragen ab. Er wollte nicht, daß sie sich Gedanken, gar Sorgen machten.

Cerys fragte sich, was sie falsch machte. Und sie fragte sich, warum Torian ihn um den Finger wickeln konnte. Warum, verdammt noch mal, suchte Nick sich nicht einen etwas weniger unheimlichen Liebhaber? Bei dem bloßen Gedanken an Torian erschauderte sie.

Seufzend nahm Cerys ein Buch aus ihrer Tasche und versuchte sich ein wenig abzulenken.

Cerys fragte sich, warum sie überhaupt hierher gekommen war. Weder Daniel noch Nick hatten große Lust gezeigt mit ihr zu kommen, und jetzt stand sie inmitten dieser Leute und fühlte sich fehl am Platz.
Sie hatte schon einige ihrer Bekannten gesehen, ein paar Kommilitonen – doch aus irgendeinem Grund hatte sie kein großes Bedürfnis mit ihnen zu reden. Cora war da, ihre Freundin – aber sie hatte überhaupt keine Lust mit ihr zu sprechen. Sie fürchtete sich geradezu vor einer Begegnung, denn sie wußte, daß sie mit Nick und Daniel zusammen gesehen worden war.
Die Musik im Club war gemischt, meist aber relativ nervig und vor allem zu laut. Warum nur hatte es sie früher so oft hierhin gezogen?
Die Kneipen und Clubs, die sie mit Nick und Daniel zusammen erkundet hatte, waren ihr weitaus sympathischer – oder lag das einfach an der passenden Begleitung? Sie seufzte und ließ ihren Blick durch den Club schweifen.
Michelle winkte ihr zu. Was konnte sie wollen?, fragte sich Cerys und bahnte sich einen Weg durch die dicht zusammenstehenden Menschen. Hoffentlich wollte sie sich nicht unterhalten, dachte Cerys. Bei dieser Lautstärke verstand man eh kaum etwas. Außerdem hatte sie keine Lust auf Michelles *Gossip*.
Aber am wenigsten wollte sie, daß Michelle sie nach Nick ausfragte. Ihre Bekanntschaft mit Nick sprach sich schneller herum, als hätte sie eine Annonce im NME geschaltet.
Sie seufzte und schob zwei Typen auseinander. Michelle machte einen ungeduldigen Eindruck, sie hielt irgendetwas Weißes in der Hand.
»Cerys, Cerys.« Sie drückte ihren weichen, weiblichen Körper an Cerys zur Begrüßung.
Die versuchte etwas Abstand zu gewinnen.
»Hallo Michelle. Ist irgendwas passiert?«

Michelle nahm sie am Arm und zog sie aus dem Gedränge heraus. Unter der Treppe, die in die zweite Etage führte, fand sie den Platz und die Ruhe, die sie offensichtlich brauchte.
»Ich habe da was im Net entdeckt. Ich meine, vielleicht kennst du die Bilder ja schon...« Sie zog fragend die Augenbrauen hoch und reichte Cerys den Umschlag.
Cerys hatte keine Ahnung, was Michelle da entdeckt haben könnte. Vorsichtig zog sie einige der ausgedruckten Bilder aus dem großen weißen Umschlag. Als sie erkannte, wer darauf abgebildet war, wurde sie blaß.
»Das ist doch der Typ, mit dem du neulich rumgehangen hast, oder?«
Cerys haßte Michelle dafür, daß sie ihr so auf die Sprünge half. Rasch sah sie die Bilder durch, sie waren grotesk und abartig. Und Cerys erschauderte bei der Erinnerung an Daniels Verletzungen. Sie räusperte sich.
»Und die hast du aus dem Net?«
Michelle nickte. »Ich wollte nur wissen, ich meine... ist der Typ jetzt tot, oder so?«
Cerys tippte sich an die Stirn. »Nein, bist du verrückt?! Ich habe heute noch mit ihm gesprochen.«
»Achso«, Michelle nickte. »Ist das sein ... Job? Oder steht er auf sowas?«
»Nein, verdammt.« Cerys war gereizt, aber sie wollte Michelle nicht verärgern.
»Kannst du mir die Bilder geben?«
Michelle zögerte, aber Cerys wußte, daß sie sich nur etwas zog. Vermutlich hatte sie sie eh für Cerys ausgedruckt.
»Hm, ja. Was willst du denn damit?« Ihr Gesicht hellte sich plötzlich auf, und ein boshaftes Lächeln schlich sich auf ihre Lippen.
»Du willst sie für Nick«, mutmaßte sie. »Steht er auf sowas?«
Cerys kochte bereits, sie hätte sich die Haare raufen können.
»Nein«, sagte sie gepreßt. »Ich glaube nicht, daß er solche Bilder mag.«

Sie wußte schon jetzt, worauf Michelle hinaus wollte. Natürlich, Michelle, das neugierige Biest.
Und tatsächlich, wie nebenbei fragte sie: »Hast du eigentlich was mit Nick? Ich habe euch doch neulich zusammen gesehen.«
Cerys seufzte. »Nein.« Sie hätte zu gern gewußt, ob Daniel bereits von seiner *Veröffentlichung* wußte.
»Hängst du nur so mit 'nem Typen wie Nick Jeffrey rum?« bohrte Michelle weiter.
»Ja, warum nicht?«
»Ich würd's ja mit ihm tun... oder ist er doch schwul?«
»Michelle – entschuldige, aber du nervst ein bißchen. Ich hatte das große Glück, Nick kennenzulernen und nichts weiter, okay?«
Michelle schaute einen Moment lang beleidigt drein, dann hellte sich ihre Miene wieder auf.
»Kannst du mich denn beim nächsten Konzert auf die Gästeliste setzen lassen? Ich meine, wenn Nick und du... wenn ihr euch so gut kennt...«
Cerys nickte erleichtert. »Das geht bestimmt. Kann ich die Bilder jetzt haben?«
»Ja, Nimm sie ruhig mit. – Ähm, der Typ – geht der vielleicht auf den Strich?«
Cerys versuchte ein Lächeln, als sie Michelle den Umschlag abnahm und die Bilder darin verschwinden ließ. Sie zuckte mit den Schultern.
»Nein, ich glaube nicht.«
Mit dem Umschlag unter dem Arm drängelte sie sich durch die Menschenmasse nach draußen. Sie wollte nur schnell weg von Michelle und ihrer nervigen Fragerei. Glücklicherweise hatte noch niemand rausgekriegt, daß sie bei Nick wohnte. Das Gerede konnte sie sich nur zu gut vorstellen.
Sie mußte die Bilder unbedingt Nick zeigen – und Daniel.

Daniel war nicht da, als Cerys die Wohnungstür aufschloß, aber Nick war nicht allein. Torian war bei ihm. Doch, wie Cerys erstaunt feststellte, die beiden hielten sich ausnahmsweise nicht in Nicks Schlafzimmer auf – sondern im Wohnzimmer. Sie hatte einen boshaften Kommentar auf der Zunge, doch sie schluckte ihn im letzten Moment hinunter, als sie einen kurzen Blick in den nur mit Kerzen beleuchteten Raum warf.
»Hallo.«
Nick wandte sich zur ihr um. »Hallo Cerys, setz dich zu uns.«
Cerys zögerte, doch das spöttische Lächeln auf Torians hübschen Lippen versetzte sie augenblicklich in eine angriffslustige Stimmung. Er war der Mann, der ihr Nick ausspannte. Sie mußte einfach herausfinden, was an ihm so besonders war. Vielleicht war es einfach sein Schwanz, dachte sie zynisch.
Cerys zog ihre Lederjacke aus und hängte sie an die aus Metallstäben zusammengeschweißte Garderobe. Den Umschlag nahm sie mit, als sie sich zu den beiden setzte.
»Was hast du da?« fragte Nick neugierig. Er machte einen entspannten Eindruck.
»Photos.« Ohne weiteren Kommentar überreichte sie Nick den Umschlag.
Dieser sah die Bilder durch, und Cerys ärgerte sich darüber, daß sie keine Gefühlsregung aus seinem Gesicht ablesen konnte.
Torian nahm ihm die Bilder aus der Hand. Seine schlanken weißen Finger sahen unwirklich aus.
»Woher hast du diese Bilder?« fragte Nick. Seine durchdringenden Augen vermittelten Cerys den Eindruck, als könne er Gedanken lesen.
»Sie werden über das Internet verbreitet«, antwortete Cerys. »Ob Daniel das schon weiß?«
Nick schüttelte den Kopf. »Mit Sicherheit nicht.«
Torian betrachtete die Bilder noch immer eingehend. Doch

Cerys achtete nicht weiter auf ihn.
»Hattest du ihn so gefunden?« fragte sie Nick.
»Ja.« Nick schnaubte verächtlich. »Im Studio meines Freundes Chris. Als ich ihn erkannte, bin ich echt an die Decke gegangen.«
»Er hat geblutet«, sagte Torian auf einmal leise.
Cerys und Nick sahen ihn an. Aber nur Cerys erschrak, als sie die animalische Gier in seinen Augen bemerkte. Nick schien einfach darüber hinweg zu sehen.
»Ja«, sagte er langsam. »Er hat geblutet. Und ich war so unglaublich wütend auf Chris. Wie konnte er dem Jungen das antun?«
Cerys versuchte sich aus dem Bann von Torians gierigen Augen zu lösen. Es fiel ihr erstaunlich schwer, war fast eine körperliche Anstrengung.
»Wer ist Chris?«
Nick seufzte. »Er ist einer der begabtesten Photographen, die ich kenne, aber leider steht er auf sowas.« Er deutete auf die Bilder, die leicht in Torians Hand vibrierten.
»Kann Daniel ihn anzeigen?«
Nick zuckte mit den Schultern. »Er wird es nicht tun.«
»Ich möchte die Bilder haben«, meldete sich Torian wieder zu Wort. Sein lüsterner Gesichtsausdruck gefiel Cerys nicht.
»Es sind meine Bilder«, protestierte sie, aber Torians eisiger Blick ließ sie augenblicklich verstummen.
»Willst du mit mir streiten?«
Sie spürte die Bedrohung, das Fremde an ihm und wußte instinktiv, daß sie sich nicht mit ihm anlegen durfte. Sie mußte ihm die Bilder überlassen.

Cerys hatte schon fest geschlafen, als ein Geräusch sie aufweckte. Schlaftrunken setzte sie sich auf.
Im Dunkel des Zimmers konnte sie nur schwache Konturen ausmachen, aber nichts erkennen, und daher war ihr Schreck umso größer, als sie einen Körper spürte, der sich zu ihr auf das Schlafsofa legte.
Einen Augenblick lang dachte sie, es sei Nick, oder vielmehr hoffte sie es. Doch in dem Moment, wo kühle, samtige Hände ihren Körper berührten, wußte sie, daß es Torian war. Sie erstarrte.
Aber Torians Aura nahm sie sofort gefangen. Seine Hände, die zärtlich unter der Decke ihr T-Shirt hochschoben, verursachten eine Gänsehaut auf ihrem ganzen Körper.
»Torian«, flüsterte sie leise. Es klang ein wenig vorwurfsvoll, doch sie wollte ihm lediglich mitteilen, daß sie ihn erkannt hatte.
Etwas Seltsames umgab ihn, wie ein Energiefeld, doch er hatte ihre Lust geweckt. Cerys schob alle Bedenken beiseite. Das Feuer, das er entfacht hatte, brannte mittlerweile lichterloh.
Seine Hände wanderten tiefer, ihre Kühle war köstlich zwischen Cerys' heißen Schenkeln. Sie öffnete sich, drängte sich ihm entgegen, und Torian entlockte ihr süße Laute der Begierde.
»Wollen wir nicht doch Freundschaft schließen?« flüsterte er in ihr Ohr. Seine schmale Zunge glitt an der geraden Linie ihres Halses entlang.
Seine Stimme, sein Körper, alles erschien Cerys auf einmal so verlockend. Sie spürte die Gefahr, doch warum sollte sie nicht Freundschaft mit ihm schließen?
Er streifte ihr das T-Shirt über den Kopf, entwand ihr das Höschen. Seine Hand lag schwer auf ihrer Scham.
Es schien nicht so, als würde er ihre Antwort abwarten. Spielerisch ließ er seine Finger in sie hineingleiten, trieb sie

damit fast in den Wahnsinn. Seine Zunge spielte mit ihren aufgerichteten Brustwarzen, zärtlich nahm er sie zwischen die Zähne. Er schien zu wissen, wieviel Schmerz sie erregte – die Grenze überschritt er nicht. Mit kühlen Küssen bedeckte er ihre empfindliche Haut, ihr Schenkel. Ihre feuchten Lippen waren wie Blütenblätter und fast gierig leckte er den Nektar von ihnen.

Cerys faßte in sein volles schwarzes Haar, unschlüssig ob sie ihn zu sich hochziehen, oder ob sie seinen Kopf dort unten festhalten sollte. Er bereitete ihr ein exquisites Vergnügen, so daß Cerys sich außerstande sah, dieses zu beenden.

Und Torian trieb sie mit seiner geschickten Zunge zum Höhepunkt, wobei er sich soviel Zeit ließ, daß Cerys glaubte, sie könne es nicht ertragen.

Ihr Verstand war so umnebelt, daß sie ihr eigenes gekeuchtes Flehen nicht mehr hörte. Und als sie schließlich kam, unterdrückte sie nur mit Mühe einen Schrei.

Langsam beruhigte sich ihr wild schlagendes Herz wieder. Sie streckte sich und schnurrte, wie eine zufriedene Katze.

Torian, der neben ihr lag, grinste.

»Manchmal hat es auch Vorteile, Freundschaften mit Kreaturen zu schließen, die einem unheimlich sind, nicht wahr?«

Cerys sah ihn mit einem verklärten Blick an. »Ja ... vielleicht – Ich hatte auch nie persönlich etwas gegen dich. Ich... war nur eifersüchtig.«

Torian ließ seine Hand sanft über ihr entblößte Brust gleiten und stand dann auf.

Cerys beobachtete ihn schweigend. Als er sie verließ, versuchte sie sich aufzusetzen. Doch ein heftiger Schwindelanfall zwang sie zurück in eine liegende Position. Sie lächelte und machte ihren Orgasmus dafür verantwortlich. Hätte sie gewußt, daß ihr immenser Blutverlust der Grund war, wäre ihr das Lächeln vermutlich auf den Lippen gefroren.

Am nächsten Morgen traf Cerys in der Küche auf Nick. Sie fühlte sie völlig erschlagen, als hätte sie am Abend zuvor zuviel getrunken.
Und ihr Gewissen plagte sie, sie wußte nicht, ob Torian Nick irgend etwas erzählt hatte. Und so hielt sie den Blick gesenkt, vermied, Nick in die Augen zu schauen.
Der beobachtete sie skeptisch. Es war unübersehbar, daß sie was zu verbergen hatte. Schweigend brühte er sich einen Tee auf und wartete.
Cerys braute sich einen starken Kaffee. Sie bemerkte die Spannung und vermutete, daß Nick bereits irgend etwas über den Vorfall wußte.
Das alles war ihr unglaublich unangenehm, und sie hatte auch keine Vorstellung, wie sie sich jetzt Torian gegenüber verhalten sollte.
Die Kaffeetasse zitterte in ihren Händen, als sie sich langsam an den Tisch setzte. Sie fühlte sich wund, obwohl sie sich das eigentlich nicht erklären konnte. Torians Zunge war sehr weich gewesen, nicht wie die mit kleinen Häkchen versehene Zunge einer Katze, obwohl er ansonsten einem Panther glich.
Sie räusperte sich, konnte die Spannung nicht mehr ertragen. Lieber würde sie mit Nick streiten, als alles schweigend mit ihrem eigenen Gewissen auszumachen. Sie wußte, daß das eine Schwäche war, aber sie hatte den Eindruck, daß sie vor Nick eh nichts verbergen konnte.
»Torian war letzte Nacht bei mir«, sagte sie und spürte, wie ihr Gesicht heiß wurde.
Nick sah sie an und zuckte mit den Schultern.
»Hat er... ich meine, wußtest du das bereits?«
»Nein.« Nick sah sie neugierig an. »Ich hoffe, er hat sein Bestes gegeben.« Seine Stimme enthüllte einen Anflug von Spott.
Überrascht sah Cerys von ihrem Kaffee auf. »Macht es dir nichts aus?«

»Ich weiß nicht. Aber glaubst du, jemand wie Torian würde sich mit einem... ähm – Bettgefährten zufrieden geben?«
Cerys runzelte die Stirn. Ihre großen braunen Augen schauten ein wenig ratlos. »Ich glaube nicht, daß ich euch verstehen kann. Ich hätte niemals gedacht, daß er das wollte, ich meine, ich war völlig überrascht.«
Nick grinste. »Positiv, wie ich hoffe. – Es war doch wohl schön, oder?«
Cerys lächelte unsicher. »Hm.«
Nick setzte sich zu ihr an den Tisch und rührte gedankenverloren in seinem Tee.
»Hat er nicht einen begehrenswerten Körper?« fragte er leise, ohne Cerys dabei anzusehen.
Sie schwieg, stellte sich vor, Nicks Körper zu sehen, ihn berühren zu dürfen. Natürlich war Torian etwas Besonderes, aber sie konnte es nur schwer verdauen, daß er von Torian schwärmte.
»Er hat nicht mit mir geschlafen«, sagte sie schließlich.
An Nicks Blick sah sie, daß er gern gewußt hätte, was denn zwischen ihnen passiert war, aber er hatte genug Anstand, um nicht zu fragen. Und Cerys hätte es ihm auch nicht erzählen können.
Er runzelte die Stirn. »Geht's dir gut heute?« fragte er schließlich.
Cerys sah ihn an. »Ja, ich meine – ich bin total erschöpft, aber ansonsten...«
Er nickte und sah sie nachdenklich an. Es schien, als wisse er mehr, als er sagen wollte.

Nachdenklich sah Cerys zu, wie Nick eine Kiste Bier und ein paar andere alkoholische Getränke in seine Wohnung schleppte. Sie wußte, daß Julian, Ray und John vorbeikommen wollten, daß sie allerdings das alles austrinken konnten, daran zweifelte sie. Irgend etwas ärgerte sie daran, daß die drei sich bei Nick eingeladen hatten, aber er hatte offensichtlich ganz gute Laune.

»Wir wollen heute ein paar neue Songs anspielen, für das nächste Album«, sagte er, als er die Flaschen in der Küche verstaut hatte. Es klang entschuldigend, und das erschien Cerys unpassend und war ihr peinlich.

Sie nickte knapp und verzog sich in ihr Zimmer. Es war wohl besser, wenn sie den Abend in ihrer eigenen Wohnung verbrachte. Hier würde sie eh nur stören.

Die Situation wurde für sie immer schwieriger. Sie konnte oft nicht nachvollziehen, was Nick tat und mit ihm zusammen in einer Wohnung zu leben, in dieser gottverdammten Spannung, raubte ihr den letzten Nerv.

Manchmal dachte sie, sie müßte heulen, doch dann wußte sie nicht, warum eigentlich.

Sie packte ein paar Sachen in ihren Rucksack und sagte Nick, daß sie erst am späten Abend wiederkommen würde. Falls Daniel früher käme und schon ins Bett wollte, könnte er ruhig ihres benutzen.

Nick zuckte mit den Schultern und sah ihr nach, bis sich die Haustür hinter ihr schloß.

Er fragte sich, ob er sie schon wieder irgendwie gekränkt hatte.

Als Cerys später zurück in Nicks Wohnung kam, fiel ihr sofort auf, daß Daniel nicht da war. Sie hörte Nicks, Julians und Rays Stimme. John lachte dröhnend, und ihr war klar, daß Daniel nicht bei ihnen war.

Es war schon gegen halb zwölf, und sie wußte, daß er um diese Uhrzeit üblicherweise nicht mehr allein unterwegs war.
Nicks Wohnung roch nach Zigaretten und Alkohol, und Cerys hoffte, daß Nick die Finger vom Alk gelassen hatte. Aber sie war auch nicht verantwortlich für das, was er seinem Körper antat. Es tat ihr nur so unglaublich weh.
Leise ging sie den Flur entlang, in Nicks Schlafzimmer, wo Daniel seine Klamotten aufbewahrte – doch seine Tasche und sein Rucksack waren weg. Sie sah unter dem Bett nach, öffnete sogar Nicks Schrank, doch von Daniels Sachen keine Spur.
Mit klopfendem Herzen trat Cerys in das Wohnzimmer und wartete, bis Nick sich zu ihr umgedreht hatte. Sie erkannte, daß er bis unter die Schädeldecke voll mit Drogen war, doch trotzdem mußte sie es ihm sagen.
Auch Ray und Julian starrten sie mittlerweile an.
Leise sagte sie: »Daniel ist weg.«

Nick verließ seine Wohnung mit einem kräftigen Brummschädel. Er fühlte sich elend, seine Beine waren wie Wackelpudding. Er hatte gestern eindeutig über die Stränge geschlagen. Er hatte nicht einmal realisiert, was Cerys ihm gesagt hatte! Daniel hatte sich aus dem Staub gemacht! – Verdammt, er war abgehauen!

Die gähnende Leere, die ihn überfiel war unangenehm und erfüllte ihn mit Schmerz.

Es nieselte leise, aber das war ja fast alltäglich, und es hatte ihn auch noch nie gestört. Langsam wandte er sich nach links und ging die Straße hinunter, Richtung U-Bahnstation. Vorbei an den wunderschön restaurierten alten Wohnhäusern.

Tatsächlich lag auch Nicks Wohnung in einer dieser wunderschönen alten Villen.

Doch heute nahm er das alles gar nicht wahr. Er war viel zu sehr mit seinen eigenen Gedanken beschäftigt. Die Außenwelt war wie im Nebel, jagte an ihm vorbei, obwohl er relativ langsam ging. Seine Beine schmerzten. Er fühlte sich uralt, als er die Stufen hinunter in die U-Bahnstation stieg.

Es war sehr voll, doch niemand erkannte ihn. Und dafür war er auch dankbar. Die Leute, die an ihm vorbei hasteten, waren überwiegend auf dem Weg nach Hause. Nick fragte sich, ob sie ihre miese Stimmung auch im trauten Heim beibehielten.

Einen Moment lang überlegte er, ob er sich eine Zeitung kaufen sollte, aber eigentlich hatte er kein Interesse am Tagesgeschehen. Es schien ihm alles so fern.

An einem Automaten zog er sich ein einfaches Ticket; er wollte zu Chris, vielleicht würde er auch dort übernachten.

Automatisch schob er das Ticket in einen der Metallkästen und passierte die Schranke. Mit der Rolltreppe fuhr er weiter hinunter.

Seine Linie kam gerade an, was er sehr begrüßte – er haßte warten. Außerdem fühlte er sich im Underground unwohl, und das Warten machte ihn nervös. Unruhig starrte er dann die

Mitwartenden an, wobei ihm bewußt war, daß die anderen Passanten eher unruhig wurden bei seinem Anblick.
Aber heute mußte er sich nicht lange gedulden, er stieg sofort in seine Linie, die vergleichsweise leer war und drückte sich auf eine der Bänke.
Das Schütteln der Tube lullte ihn ein, entspannte ihn ein wenig. Er dachte an Chris, seinen schlanken Körper und seine abartigen Neigungen. Chris hatte Stoff. Er hatte immer was im Haus.
In HOLBORN stieg er aus, von hier mußte er nur noch ein kleines Stück zu Fuß zurücklegen. Es hatte aufgehört zu regnen, doch der Himmel blieb grau und verhangen.
Aus irgend einem Grund hatte Nick ein mulmiges Gefühl im Magen, als er bei Chris klingelte. Vielleicht stieß ihm nur die Erinnerung an den letzten Besuch in diesem Haus noch bitter auf. Er konnte es nicht einordnen. Er wußte ja nicht einmal, warum er hierher gekommen war.
Irgend etwas hatte ihn getrieben, eine innere Unruhe, die er ergründen mußte.
In der Wohnung blieb alles still. Schlief Chris vielleicht oder war er gar nicht da?
Wenn er nicht in seiner Wohnung war, stellte er seine Klingel normalerweise so um, daß sie in seinem Photostudio zu hören war. Trotzdem klingelte Nick jetzt dort.
Nach kurzer Zeit hörte er Jims verhaßte Stimme. »Ja?«
»Nick. Laß mich mal rein.« Nick hörte erst das Knacken der Sprechanlage, dann das eintönige Summen des Türöffners. Mit einiger Gewalt drückte er die schwere Haustür auf.
Er hoffte, daß weder Jim noch Chris gerade bei irgendeiner obskuren Photosession waren. Denn obwohl Chris ein begnadeter Photograph war, hatte er sich auf diese ganz spezielle Art der Photographie spezialisiert. Nur hin und wieder machte er Konzert- oder Werbephotos, die dann allerdings von allen hochgelobt wurden.
Jim wartete oben in der geöffneten Tür. Er sah beunruhigt aus

und zerrte Nick förmlich in die zum Photostudio umfunktionierte Wohnung.
Nick befreite seinen Arm aus der unangenehmen Umklammerung. »Was ist los? Bist du verrückt geworden?«
Jim schloß die Tür hinter ihm.
»Du mußt mir sagen, wo Chris ist. Er ist verschwunden!«
Nick zog die Augenbrauen hoch. »Und wieso meinst du, daß ich weiß, wo er ist?«
»Weil du sein Freund bist – und...« Er zögerte. »Und weil der Typ, mit dem er zuletzt 'ne Session hatte, auch ein Freund von dir ist.«
»Daniel?«
Jim runzelte die Stirn. »Wer ist Daniel? – Nein, ich meine einen Typen, der Torian heißt.«
Nick versuchte seine Überraschung zu verbergen. »Torian? Der Name sagt mir jetzt nichts.«
Jim schien völlig aufgebracht.
»Chris hat die ganze Nacht mit ihm im Studio verbracht – und jetzt ist er wie vom Erdboden verschluckt! Und die Photos, die Negative von der Session – es ist alles weg. Chris hat nie die Negative mitgenommen.«
Ein eiskalter Schauer lief über Nicks Rücken. Warum war Torian hier gewesen? Und – was hatte er mit Chris angestellt?
Er zuckte mit den Schultern, versuchte seine Stimme Jim gegenüber ruhig klingen zu lassen.
»Ich habe auch keine Ahnung, wo Chris stecken könnte. Vielleicht ist er ja einfach mit diesem Torian abgehauen für ein paar Tage! Mal raus aus allem.«
Jim starrte Nick an, als käme dieser vom Mond.
»Abgehauen?« Wiederholte er stumpf. »Ohne mich zu informieren?«
»Bist du sicher, daß alle Negative weg sind?« Nick wollte auf einmal keine Minute länger an diesem Ort verweilen.
Immer noch starrte Jim ihn an. »Ja, natürlich bin ich sicher.«
»Na denn... Sonst hätte ich ja vielleicht sagen können ob ich

diesen Torian wirklich kenne.« Nick hoffte, daß seine Stimme nicht vibrierte. »Okay, also wenn Chris nicht hier ist, dann gehe ich jetzt wieder.«
Jim sah ihn mit großen Augen an. »Soll ich die Polizei informieren?«
Nick runzelte die Stirn und verzog spöttisch die Mundwinkel. »Bist du mit ihm verheiratet oder was?«
Er wußte, daß Jim darauf nichts antworten würde, daher verließ er einfach wortlos das Studio. Die Tür fiel so leise hinter ihm ins Schloß, daß Nick wußte, daß Jim sie nicht mehr berührt hatte.
Er schlich durch die Straßen wie ein Schlafwandler. Torian war bei Chris gewesen ... Das konnte nichts Gutes bedeuten. Warum, zum Teufel, war das passiert?
Hatte Torian Chris umgebracht? War er dazu fähig einen Menschen zu töten? – Ja, natürlich war er das ... Nick fiel auf, wie wenig er eigentlich von Torian wußte. Es war erschreckend.
Vielleicht hatte Torian auch Daniel verschleppt? – Nick versuchte, sich zusammenzureißen, er phantasierte. Auf einmal erschien ihm alles so bedrohlich, für einen Moment war er orientierungslos.
Als er schließlich wieder vor seiner Haustür stand, zitterte er am ganzen Körper. Er hatte keine Ahnung, wie er nach Hause gekommen war.

7. Kapitel

Das letzte Konzert, dachte Nick. Nur noch dieser eine Auftritt, dann war es geschafft. Er versuchte, tief durchzuatmen, das Heroin raste durch seine Adern, brannte in seinem Körper.
Wie in Trance sah Nick in die dunkle, hin und her schwankende Menge. Er hatte das Gefühl, ins Meer zu starren. Wenn er noch darüber nachdachte, wünschte er sich, das Konzert möge bald zuende sein, doch die meiste Zeit handelte er völlig automatisch. Hey, aber er war gut – es würde keiner bemerken.
Mit Ausnahme von Cerys. Sie sah, wie er während des Auftritts immer mehr abbaute, sah seinen abwesenden Blick und die verstohlenen Blicke, die Ray und John sich zuwarfen.
Ihre Hände verkrampften sich ineinander, sie betete, daß er nicht auf der Bühne zusammenbrach.
Nach diesem Auftritt gab es keine Zugaben, Nick stolperte fast das kleine Treppchen hinter der Bühne hinunter.
Cerys kämpfte sich schweißüberströmt durch die Menschenmassen, boxte und schubste sich ihren Weg frei und stürmte durch den engen Gang nach draußen. Sie sah, wie Nick gerade von Phil in ein Auto bugsiert wurde. Sie rannte, als ginge es um ihr Leben, auf den Wagen zu.
»Ich muß mit«, sagte sie knapp zu Phil, der sie erstaunt ansah. Er zuckte mit den Schultern.
»Meinetwegen.«
Cerys rannte zurück in den Backstagebereich, um ihren Rucksack zu holen, dann setzte sie sich zu Nick auf den Rücksitz. Seine Augen waren glasig – er war kaum in der Lage aufrecht zu sitzen.
Bei seiner Wohnung angekommen, mußten sie ihn zu zweit aus dem Auto ziehen und hineintragen. Er war noch immer bei Bewußtsein, aber offensichtlich nicht mehr in der Lage zu gehen. Zum Glück bewohnte Nick das Erdgeschoß.

Trotzdem brach Cerys der Schweiß aus; sie war froh, daß Phil so kräftig war.
Gemeinsam legten sie Nick aufs Bett.
Phil schnaufte. »Am besten, der schläft sich erstmal aus. Du bleibst doch hier, oder?«
Cerys nickte. »Klar – ich paß auf ihn auf.« Doch innerlich zitterte sie.
Phil nickte. »Ich fahr dann mal zu den anderen zurück. Rays Handynummer hast du, nicht wahr?«
»Ja, ja.« Cerys starrte auf Nick hinunter. Er sah gespenstisch aus, wie er dort mit offenen Augen lag, sich jedoch nicht bewegte. Seine Brust hob und senkte sich regelmäßig.
Als Phil gegangen war, versuchte Cerys noch einmal Nick anzusprechen – ohne Erfolg.
Sie beschloß zu duschen, denn es schien, als könnte sie Nick im Moment nicht helfen.
Sie hatte im Gedrängel des Konzerts wahnsinnig geschwitzt, daher genoß sie das heiße Wasser auf ihrer Haut. Aber gleichzeitig entstand ein merkwürdiges Gefühl der Unruhe in ihr. Sie konnte es nicht einmal genau beschreiben, es war wie ein Kribbeln in ihrem Kopf. War irgend etwas mit Nick passiert in der Zwischenzeit?
Eilig trocknete sie sich ab und zog sich wieder an. Mittlerweile hatte sich der Verdacht in ihr erhärtet. Sie wußte nicht einmal warum. Wahrscheinlich lag er noch genauso auf seinem Bett, wie sie ihn verlassen hatte.
Sie verließ das Badezimmer und kehrte ins Schlafzimmer zurück, wo sie Nick auf dem Boden liegend vorfand.
»Nick?«
Sie bekam keine Antwort. Ein eisiger Hauch strich über sie hinweg.
»Nick?«
Sie ließ sich neben ihn fallen, sah in seine glasigen, noch immer geöffneten Augen und tastete an seiner Halsschlagader nach seinem Puls. – Kein Puls. Sie konnte ihn nicht fühlen.

Sie konnte keinen verdammten Puls an der Halsschlagader fühlen!
Entsetzt legte sie ihr Ohr an seinen Mund – hatte sie sich vielleicht getäuscht? – Aber sie hörte kein Atemgeräusch. Nichts. Absolute Stille. Eine Sekunde lang hatte sie den Eindruck, den Boden unter den Füßen zu verlieren.
»Nein!« Ihr Schrei verhallte ungehört. Sie selbst hatte ihn nicht einmal gehört. Aber verdammt, sie mußte jetzt etwas tun!
»Du hysterische Kuh!« fauchte sie sich selbst an. Sie hatte nur eine Chance, brauchte nicht lange zu überlegen. Vorsichtig überstreckte sie seinen Kopf und pumpte die ersten Luftzüge in seine Lunge. Das konnte er ihr einfach nicht antun!
Dann begann sie mit der Herzmassage – wie in Trance. Es war ihr gleich, ob sie seine Rippen brach. Mechanisch wiederholte sie die Bewegungen, die sie gelernt hatte. Wenn er sie verließ, würde sie...
»Du verdammter Dreckskerl!« schrie sie ihn an. »Atme endlich. – Fang sofort an zu atmen!«
Während ihr der Schweiß über die Stirn lief, schrie sie ihn an. Sie mußte irgendeinen Kontakt bekommen.
»Du egoistisches Arschloch! Du hast kein Recht, einfach abzuhauen!«
Sie heulte gequält auf. Dann begann sie auf ihn einzuschlagen. Hart traf ihre Faust seinen Brustkorb. Sie schlug ihn und weinte und auf einmal löste sich ein heftiger, gequälter Atemzug, mehr ein Stöhnen aus Nicks Lungen. Er riß die Augen weiter auf und starrte sie an.
Cerys verharrte einen Moment, dann schrie sie ihn wieder an. »Atme, verdammt, du mußt weiteratmen!«
Wieder ein schmerzhafter Atemzug. Nicks Augen waren auf sie gerichtet. Sie sah die Angst in ihnen. Es tat ihr so leid, aber sie schlug ihn wieder, boxte ihre kleinen Fäuste in seinen Brustkorb, solange, bis Nick den Mund öffnete und heiser »Hör auf!« keuchte.

Sie fühlte seinen Puls, der Herzschlag war hart und unregelmäßig. Sie brach fast neben ihm zusammen. Ihr Gesicht war tränenüberströmt.
»Du Scheißkerl! – Warum hast du das getan?« fragte sie ihn und versuchte, sich wieder in den Griff zu kriegen.
Doch Nick sah sie nur an, mit großen, erschrockenen Augen. Die Muskeln in seinem Gesicht arbeiteten. Er war so grau.
»Nick, kannst du mich hören?«
Es dauerte eine Ewigkeit bis er den Mund öffnete und »Ich weiß nicht« krächzte.

8. Kapitel

Die Straßen waren dunkel. Glänzend überzog der Regen den schwarzen Asphalt. Feinste Tropfen verfingen sich in Nicks Haar. Er fühlte sich gut, erfrischt wie schon lange nicht mehr. Die Luft roch würzig, nicht nach Herbst, aber rein.
Er war noch immer ein wenig wacklig auf den Beinen. Doch wen wunderte das, nach seinem Herzstillstand vor zwei Tagen?
Cerys war bei ihm gewesen, hatte an seinem Bett gewacht. Natürlich wußte er, was sie für ihn empfand. Natürlich. Aber es hatte keine Zukunft. Er mochte sie – doch seine Zukunft war Torian ... Verdammt – wo war er gewesen, als sein Herz auf einmal aufhörte zu schlagen? Warum war er nicht da gewesen, um ihn zu retten?
Eine leichte Gänsehaut überzog Nicks Arme. Er hätte sterben können. Wäre Cerys nicht da gewesen. Und er konnte ihr doch nichts geben.
Chris war noch immer nicht aufgetaucht. Er galt als vermißt, offiziell, doch Nick wußte, daß er tot war. Vielleicht spürte er so etwas wie Trauer – er wußte es nicht. Er hatte sich immer auf Chris verlassen können. Jetzt blieb ihm nur noch die Band – und Cerys.
Die Band, seine Musik, sein Leben. Cerys – war eine süße Nichtigkeit, lediglich eine Randfigur. Aber er wünschte sich, daß sie immer zu ihm halten würde, immer da war, wenn er sie brauchte. Und was gab er ihr? – Er wußte es nicht.
Kalte Regentropfen rannen ihm in den Kragen. Er zog seine schwarze Cordjacke enger zusammen.
Wie merkwürdig es gewesen war, am Rand des Abgrunds, dem Tod ins Auge sehend. Es war so anders, als mit Torian – der vermutlich auch direkt aus der Hölle kam. Nick lachte über diesen Gedanken.
So einsam.

Und das fürchtete er – Einsamkeit. Und Dunkelheit. Warum er jetzt so unbeschwert, gedankenverloren diese Straße entlanggehen konnte, wußte Nick nicht. Seit seiner Kindheit hatte er die Dunkelheit gefürchtet.
Die Erinnerung an seine Kindheit ließ ihn erschaudern. Eigenartige Gedanken machten sich in seinem Hirn breit, wabernde Visionen, die er nicht unterdrücken konnte. Chris war dort, irgendwo in der Dunkelheit. Er wartete an der nächsten Ecke, das Gesicht grausam entstellt.
Eisige Kälte kroch in Nicks Kleidung und umfaßte sein hastig schlagendes Herz.
»Verschwinde Chris«, sagte Nick leise, sich bewußt, daß Chris dort nicht sein konnte.
Aber es ergriff von ihm Besitz, jagte Stromstöße durch seinen Körper und spielte ein grausames Spiel mit ihm.
Nick atmete tief durch. Diesmal stand er es durch. Auch wenn die Angst sich wie eine Schlange um seinen Hals legte und der Schrei in seiner Kehle kaum mehr zu unterdrücken war.
Mit einer fahrigen Nervosität schlang er die Arme um seinen Körper, als könne er ihn so schützen. Mühsam zwang er sich langsam zu gehen. Er konnte nicht sein Leben lang wegrennen, nicht immer fliehen vor einer Gefahr, die er nicht in Worte fassen konnte. Er war kein Kind mehr.
Die Spannung in seinem Körper war so groß, daß er zitterte. Das kleinste Geräusch ließ ihn zusammenfahren. Er hörte das Blut in seinem Körper pulsieren.
Nur noch um die nächste Ecke, dann war er beim Dark Angel. Er konnte schon die Musik hören.
Das bläuliche Licht am Eingang des Dark Angel kam ihm diesmal richtig einladend vor. Es war ihm gar nicht aufgefallen, daß dieser Club so heimelig wirken konnte. Die Türklinke war kalt und naß in seiner Hand, doch sie vermittelte ihm Sicherheit. Endlich war er in Sicherheit. Er betrat den düsteren Raum. Laute, harte Musik schallte ihm entgegen. Er entspannte sich.

Wieder brauchten seinen Augen eine ganze Weile, bis sie sich an die Dunkelheit und den Qualm gewöhnt hatten. Es roch stark nach Marihuana.
Nick sah sich nach einem freien Tisch um, es war ziemlich voll, doch nach kurzem Suchen fand er eine Sitzgelegenheit. Er bestellte einen Kaffee und ließ seinen Gedanken freien Lauf. Das letzte Mal war er mit Cerys und Daniel hiergewesen. Jetzt war Daniel weg, weiß der Teufel, wohin, dachte Nick bitter.
Er sah sich im Dark Angel um und plötzlich stutzte er. Da hinten, in der Ecke – war das nicht Daniel? Er mußte es sein, Nick erkannte seine schmalen, jungenhaften Umrisse, seine unsicheren Gesten.
Daniel diskutierte mit einem Mann, den Nick nicht kannte. Schließlich drehte der Mann sich um, Daniel folgte ihm in einigem Abstand.
Nick stand auf, er konnte das nicht glauben. Langsam ging er hinter Daniel und dem fremden Mann her. Er wollte einfach nicht glauben, was sich da abspielte. Aber natürlich wußte er, was passierte.
Am Eingang der Toilette blieb er stehen. Sollte er es verhindern? Oder war Daniel so abgebrüht, um es durchzuziehen?
Unsicher verharrte Nick. Er hörte keinen Laut. Er hörte kein einziges verdammtes Geräusch! Lag es daran, daß die Hintergrundmusik des Clubs alle heimlichen Geräusche schluckte?
Lange mußte Nick nicht warten, bis der Unbekannte die Toilette wieder verließ. Das entspannte Lächeln auf seinem Gesicht ließ Nick das Blut in den Adern gefrieren. Er unterdrückte das Bedürfnis, ihm die Zähne einzuschlagen und betrat den dunklen, schmuddeligen Raum.
In diesem Moment trat Daniel aus einer der Toiletten heraus, die Scheine noch in der Hand. Tränen liefen über sein hübsches Gesicht, ließen sein Make-up verlaufen. Schwarze

Striche bildeten sich unter seinen Augen.
Daniel knüllte die Scheine in einer Hand und steckte sie in die Hosentasche, als er Nick bemerkte.
Er sah an Nicks Gesichtsausdruck, daß er nichts mehr erklären mußte. Er schämte sich, erwartete, daß Nick auf ihn zuschoß und ihm eine schmerzhafte Ohrfeige verpaßte. Eine, die ihn wieder zu Verstand brachte. Aber es war ja gar nicht Nicks Aufgabe, sich um ihn zu kümmern.
Der sah ihn nur an, sah zu, wie Daniel weinte.
»Was erwartest du jetzt von mir?« fragte Nick schließlich.
Daniel schluckte. »Sollte ich diese Frage nicht stellen?«
»Hast du vor, damit jetzt dein Geld zu verdienen?« Nicks Stimme klang scharf und angespannt.
Daniel schüttelte den Kopf. Er sah aus wie ein Häuflein Elend.
»Warum bist du abgehauen?«
Daniel starrte ihn mit hängenden Schultern an. In seinen Augen stand die blanke Angst.
Nick hatte den Eindruck, daß er nicht wagte, zu sprechen. Aber wovor fürchtete er sich so?
Nick trat auf ihn zu und nahm ihn am Arm. Widerstrebend ließ Daniel sich mitziehen. Vor dem Eingang des Dark Angel hielt Nick ein Taxi an und schob den Jungen auf den Sitz.
»Es ist wegen Torian... und Chris«, sagte Daniel leise, als sie im Auto saßen. Er erschauderte sichtlich.
»Torian hat mir diese Bilder gezeigt... aus dem Internet.«
Nick sah, wie der Junge mit sich kämpfte. Aber er wartete, daß Daniel allein mit der Sprache herausrückte.
»Ich war so wütend... daß... ich meine, daß Chris diese Bilder... weißt du, es ist mir so peinlich. – Wie konnte er das nur tun? – Dieser Typ eben, er hat mich auch wiedererkannt. – Es ist so eine gottverdammte Scheiße.« Daniels Stimme zitterte. Leise fuhr er fort: »Torian war überrascht über meine Wut. Er fragte mich... er hat mich gefragt, ob ich ihm mein Einverständnis geben würde, Chris zu töten. – Nick, ich

dachte, das wäre ein Witz! – Und jetzt ist Chris verschwunden.«
Nick starrte ihn an. »Du hast in Chris' Tod ... eingewilligt?«
Sie sprachen so leise, daß der Fahrer sie nicht verstehen konnte.
»Ja. – Ich bin sicher, daß Torian ihn umgebracht hat. Und weißt du, was ich glaube, Nick? Er wird auch mich umbringen... und dich.«
»Warum?« Nick lehnte sich zurück, sein Gehirn arbeitete auf Hochtouren.
»Weil es ihm Spaß macht! Er hat mir gesagt, daß er es braucht. Und weißt du, in diesem Moment hatte ich gar keine Angst vor ihm. Er ist so zart, so unwirklich. – Aber jetzt ist Chris verschwunden ...«
»Und du dachtest, wenn du aus meiner Wohnung abhaust, bist du sicher?« Nick schüttelte den Kopf. Er spürte Daniels Angst in seinem Körper. Doch was sollte er dagegen tun? Chris war tot – das war für Nick absolut klar. Wahrscheinlich hatte Torian ihn auf dem Gewissen – aber das hieß doch nicht, daß er auch für ihn und Daniel eine Gefahr darstellte ... Oder doch?
Nick fuhr sich mit beiden Händen durchs Haar.
»Du kommst wieder mit zu mir. Torian wird dir nichts antun, ebensowenig wie Cerys.«
»Was ist er, Nick?« fragte Daniel flüsternd.
Doch Nick schüttelte den Kopf. »Das brauchst du nicht zu wissen.« Er beugte sich zu Daniel hinüber und umfaßte sein Gesicht mit beiden Händen.
»Dir wird nichts geschehen, aber erzähl niemandem von Torian. Versprichst du mir das?«
Daniel nickte unsicher.
Nick zögerte, dann sagte er: »Und tu mir einen Gefallen – laß dich nicht von solchen Wichsern vögeln. Wenn du Geld brauchst, dann sag mir bescheid.«
»Ja«, antwortete Daniel kleinlaut.

Nick streckte die Arme nach ihm aus.
»Komm her, du Idiot.«
Er zog ihn zu sich heran und spürte, wie Daniel sich in seinen Armen entspannte.

»Oh, welch seltener Gast in den letzten Tagen«, sagte Torian, als Nick vor seiner Tür stand. Er trug eine schwarze Lackhose, ein schwarzes enges Hemd und einen altmodischen, dunklen Gehrock darüber.
Nick starrte ihn an. »Hast du Besuch?«
Der Dämon lächelte. »Nein, komm rein.«
Torian folgte ihm ins Wohnzimmer. »Du bist wütend«, sagte er neugierig. »Wirst du länger bleiben?«
Nick zuckte mit den Schultern. »Vielleicht.«
Torian lächelte kalt. »Setz dich. Ich hole dir was zu trinken.«
Er kehrte mit einer Flasche Weißwein und einer Flasche Wasser zurück. Den Wein öffnete er nur für sich. Nick sah, daß es ein 79er Jahrgang war. Er nahm das Wasser entgegen.
»Du hast ihn umgebracht, nicht wahr?«
Torian reichte ihm ein Photo. Es war nur eines von einem ganzen Stapel, und Nick hatte die dumpfe Vorahnung, daß er wußte, wer auf den Bildern zu sehen war.
Er nahm das Bild entgegen und warf einen kurzen Blick darauf. Doch dieser reichte völlig. Mit einem unterdrückten Laut des Abscheus sprang er auf, rannte ins Badezimmer und übergab sich. Das Bild brannte in seinem Kopf und auch das schmerzhafte Würgen konnte es dort nicht herausbefördern.
Torian war ihm nachgegangen und lehnte nun lässig am Türrahmen.
»Du bist viel zu sehr Mensch, Nick.«
Nick stand langsam auf und horchte in sein Inneres, ob sich sein Magen wieder beruhigt hatte. Dann spülte er sich den Mund mit klarem Wasser aus.
Er sah in den Spiegel, sah Torian hinter sich stehen und fixierte ihn eindringlich.
»Was hast du mit seinem Gesicht gemacht?« Es klang leise, drohend.
Torian zuckte mit den Schultern. »Er war schon tot.«
»Du Monster.«

Torian grinste. »Ich bin ein Dämon – was erwartest du von mir?«
Nick drehte sich um. In seinen Augen blitzte es gefährlich. »Er war mein Freund! Wie konntest du mir das Bild zeigen?«
»Ich dachte, du wolltest wissen, was aus ihm geworden ist.«
»Die anderen Bilder – sind die alle von Chris?«
Torian nickte. »Die meisten sind vor seinem Tod entstanden. Willst du sie sehen?«
Nick hob abwehrend die Hände. »Bleib mir mit den Dingern vom Leib!« fauchte er. »Und zeig sie auch nicht Daniel oder Cerys.«
»Okay«, lenkte Torian ein.
Nick atmete noch einige Male tief durch, bevor er Torian wieder ins Wohnzimmer folgte. Er setzte sich langsam. »Wo warst du in den letzten Tagen?« fragte er.
Überrascht sah Torian ihn an. »Sind wir ein Paar?« Spöttisch verzog er die Mundwinkel.
»Warum warst du nicht da, als ich fast gestorben wäre?«
»Wärst du das fast?« fragte Torian unschuldig. In seinen Augen blitzte es gefährlich auf. Langsam stand er auf, ging hinüber zu Nick und beugte sich zu ihm hinunter.
Nick spürte seinen eisigen Atem, doch bevor er reagieren konnte, verlor er das Bewußtsein in einer überraschenden Welle von Schmerz.

Er fühlte sich hilflos. Das Tuch, das durch seinen Mund gezogen war, verursachte einen ständigen Würgereiz. Schmerzhaft schnitt es in seine Mundwinkel.
Sein Atem raste. Er hatte panische Angst. Vielleicht hatte Daniel doch recht gehabt. Vielleicht hatte er sich geirrt. Oder – vielleicht hatte Torian sich nur durch Chris' Bilder inspirieren lassen?
Es war fast zum Lachen. Wahrscheinlich wurde er langsam verrückt.
Wenn er wenigstens mit Torian reden könnte. Doch das hatte der natürlich unterbunden.
Still wartete Nick auf die nächste Mißhandlung, doch sein Verstand arbeitete auf Hochtouren. Wenn Torian ihn wirklich umbringen wollte, hatte er dann überhaupt eine Chance?
»Glaubst du das wirklich?« Torian hockte sich vor ihn, starrte ihm von unten ins Gesicht. Ein kühles, völlig emotionsloses Lächeln umspielte seine bleichen Lippen.
Nick versuchte seinem Blick standzuhalten, seine Augen brannten. Torian spielte ein grausames Spiel mit ihm. Und er hatte überhaupt keine Chance, dieses Spiel zu beeinflussen! Kalte Angst kroch an seinem Rückgrat hinauf.
Torian grinste.
»Weißt du«, sinnierte er. »Wahrscheinlich geht es nur darum, diese Angst in deinem Gesicht zu sehen. Das gibt mir den Kick.«
Nick gab einen unartikulierten Unmutslaut von sich, er begann sich zu ärgern. Wieso mußte er das ertragen? Was gab Torian das Recht, ihn so zu mißhandeln?
Torian streckte die Hand nach ihm aus und berührte sacht Nicks glühendheiße Wange.
»Weil es mir Spaß macht, mein Engel«, flüsterte er.
»Ich will, daß du leidest, ich will, daß du blutest.«
Verficktes Dämonengelaber, dachte Nick wütend.
Torian lachte laut auf. »Ich würde lügen, wenn ich sagen

würde, daß du mich überraschst.«
Er streckte die Hand nach Nick aus, in dem Wissen, daß der nicht ausweichen konnte. Kühl glitt sie über Nicks angespannten Körper.
Erst jetzt wurde Nick voll bewußt, daß er nackt war. Eine feine Gänsehaut überzog seine Arme. Er fühlte sich elend verletzlich, obwohl er mittlerweile nicht mehr glaubte, daß Torian ihn töten wollte. Doch er hatte noch immer Angst vor den Schmerzen, vor der Unberechenbarkeit Torians. Er war einfach nicht mit menschlichen Maßstäben zu messen. Er war ein Wesen der Nacht, der Dunkelheit, die Nick fürchtete. Das war auch ein Grund, warum Nick ihn nicht verstand. Doch es zog ihn auch deswegen zu ihm hin. Es war, als wäre Torian ein Teil von ihm. Der Schatten, wo er Licht war. Sein Gegenstück, der Teil, der ihm zur Vollständigkeit immer gefehlt hatte.
Doch das alles minderte nicht seine Furcht – er zitterte.
»Dein Herz schlägt so laut, daß man meinen könnte, es schlüge nur aus Angst. – Aber es ist das pralle Leben«, flüsterte Torian. Seine Stimme war so sinnlich wie seine betörenden Augen.
Er kam noch näher, seine Lippen berührten Nicks Haut, kalt und sanft. Flammen züngelten durch Nicks Geist, Torians Lippen und Hände waren überall – so intim.
Stöhnend schloß Nick die Augen. Die Fesseln erregten ihn, denn er war Torian ausgeliefert.
Zärtlich strich Torian mit seinen samtigen Fingern über Nicks Tätowierung. Dieser zuckte zusammen. Es schien ihm, als sei die Haut dort empfindlicher, als hätte Torians Berührung ihn verbrannt.
Nimm mir doch bitte den Knebel aus dem Mund, dachte Nick und starrte Torian mit seinen großen blauen Augen an. Seine Mundwinkel schmerzten höllisch, die feuchte Wärme verriet ihm, daß sie mittlerweile eingerissen waren.
Verdammt, Torian.

»Mein Engel, warum sollte ich das tun? – Damit du schreien kannst, damit du mir dein Leid klagen kannst?«
Nicks Augen weiteten sich flehend. *Damit ich dich küssen, deine kühlen Lippen erwärmen kann.*
Torian stand auf, diese kleine Bewegung schien so unmenschlich, daß Nick erschrak. Mit einer raschen Handbewegung entfernte er das Tuch, das stramm durch Nicks Mund gezogen war.
Nick keuchte vor Erleichterung, als er endlich den Mund schließen konnte. Er spürte, wie das warme Blut aus seinen Mundwinkeln über sein Kinn lief – und er sah Torians gierigen Blick.
Er atmete einige Male tief durch, ehe er Torian leise aufforderte: »Küß mich.«
Torians eisige Lippen verschlossen seinen Mund, seine Zunge bot ihm ein verlockendes Spiel. Zärtlich leckte er das Blut von Nicks Lippen.
»Es erregt dich, mein Engel«, flüsterte Torian dicht an seinem Mund. »Das spür ich doch.«
Nick keuchte, als Torians Hand wieder zwischen seine Schenkel wanderte. Seine Erregung wandelte sich in Wut.
»Natürlich erregt es mich«, fauchte er. »Aber ich bin nicht dein verdammtes Spielzeug!«
Torian lachte und tat ihm weh. »Doch, genau das bist du – im Moment jedenfalls.«
Nick keuchte erschrocken. Wieder flammte eisige Angst durch seinen Geist. Er spürte, wie Torian die Fesseln löste.
»Steh auf, Nick.« Seine Stimme so sanft, daß Nick die Tränen in die Augen traten.
Er konnte kaum stehen, wußte auch nicht, wie lange er schon gesessen hatte. An seinen Hand- und Fußgelenken waren dicke schwarze Manschetten, die mit Haken ausgestattet waren. Sie waren *angenehmer*, als übliche Handschellen, schnitten nicht in seine empfindliche Haut.
Torian photographierte ihn, führte ihn dann zu seinem Bett,

wartete geduldig, bis Nick sich hingelegt hatte.
Er befestigte die Haken der Hand- und Fußfesseln an dem messingfarbenen Bettgestell.
Nick keuchte. Er wußte, was passieren würde. Es war nicht das erste Mal, aber er hatte nicht damit gerechnet. Noch immer war er erregt. Es war grausam, doch seine Angst verstärkte seine Erregung.
Atemlos wartete er. Sein Körper glühte, er konnte nicht mehr klar denken.
Nick wandte seinen Kopf leicht nach links und sah Torian. Seine schwarze Kleidung paßte hervorragend zu dem, was er gleich tun würde, dachte Nick, als er den Riemen sah, den Torian locker in der Hand hielt. Torians Zähne leuchteten in dem schwachen Licht, er grinste.
Dann sauste der Lederriemen auf Nick hinunter. Er spannte sich an, versuchte, den brennenden Schmerz schweigend zu ertragen. Doch bereits nach ein paar Schlägen begann Nick zu stöhnen. Er spürte seine Erektion und war wütend und beschämt. Seine Kehrseite war siedendheiß, und er zuckte bei jedem weiteren Schlag zusammen.
Torian verpaßte ihm eine ausgewachsene Tracht Prügel, und als er fertig war, hatte Nick das Gefühl, seine Haut pellte sich von seinen Knochen. Er stöhnte leise.
Torian löste seine Fesseln und befahl ihm aufzustehen, doch Nick konnte nicht mehr stehen. Schwitzend fiel er vor Torian auf die Knie. Er weinte leise, wie nur Männer weinen können. Er war zu stolz, um mehr Schwäche zu zeigen.
Torian hatte ihn vergewaltigt, geschlagen und mit seinen scharfen Raubtierzähnen traktiert. Nick spürte die Schmerzen wie ein gewaltiges Meeresrauschen in seinem Körper. Er wagte nicht, sich auszumalen, wie er mittlerweile aussah. Es würde ewig dauern, bis all diese Verletzungen geheilt waren; er war kein Dämon, er hatte nicht die Gabe der sekundenschnellen Regeneration, die Torian ihm so eindrucksvoll präsentiert hatte.

Seine Verletzungen würden heilen, natürlich – wenn Torian ihn nicht umbrachte. Das war die Voraussetzung, doch er klammerte sich daran.
Torian betrachtete ihn von oben herab.
»Ich frage mich noch immer, wie du ihn damals umbringen konntest. Du warst doch noch ein Kind ...«
Nick schaffte es den Kopf anzuheben. Aus zugeschwollenen Augen sah er ihn an.
»Sie haben dir damals deine Reinheit gestohlen.«

9. Kapitel

Das Licht in Nicks Schlafzimmer brannte, als Cerys vorsichtig eintrat. Nur die kleine Lampe auf seinem Nachttisch, doch die Beleuchtung reichte aus. Die Vorhänge waren zugezogen, doch Cerys wußte nicht, ob Nick schlief.
Nackt lag er auf der Decke, und als sie näher trat, sah sie die unzähligen Wunden und blauen Flecken und die roten Striemen, die seinen Körper zierten. Schmerzhaft zog sich ihr Magen zusammen.
Langsam ging sie neben seinem Kopf in die Hocke.
Nick hatte die Augen geöffnet und sah sie an. All der Schmerz, den er empfinden mußte, leuchtete aus seinen großen blauen Augen und verschleierte sie. Blutiger Speichel tropfte aus seinem Mundwinkel, und Cerys hatte für einen furchtbaren Moment den Eindruck, daß er gar nicht mehr lebte.
Doch dann sah sie den sich langsam hebenden und senkenden Brustkorb. Erleichtert atmete sie auf.
»Nick«, sagte sie leise. Sie mußte sich beherrschen, denn Tränen traten in ihre Augen.
Er fixierte sie.
»Sag mir, was ich für dich tun kann«, bat sie.
Nick schluckte angestrengt, doch ihm fehlte die Kraft zu antworten.
»Möchtest du was trinken?«
Seine Augen sagten ja, und Cerys holte Wasser aus der Küche. Einen Moment stand sie ratlos vor ihm, doch dann stellte sie das Wasser ab und hockte sich wieder neben seinen Kopf. Sie wartete, bis sich seine Augen auf sie eingestellt hatten.
»Ich muß dich auf den Rücken drehen«, sagte sie und wartete auf seine Reaktion.
Er nickte leicht, und Cerys stand auf, um ihn vorsichtig an

Schulter und Hüfte zu drehen.
Nicks Stöhnen ging ihr durch Mark und Bein, und als er endlich auf dem Rücken lag, erschrak sie heftig, denn seine Vorderseite sah ebenso malträtiert aus wie seine Rückseite. Er war übersäht mit Verletzungen, deren Ursache für Cerys nicht zu erkennen war.
Vorsichtig stützte sie seinen Kopf und setzte das Glas an seine Lippen. Er trank langsam, jeder Schluck schien ihm Schmerzen zu bereiten. Dort, wo seine Lippe aufgesprungen war, lief das Wasser an seinem Kinn hinunter. Er spürte es, aber er konnte es nicht verhindern.
Er hörte, wie Cerys »du mußt zu einem Arzt« sagte und schüttelte den Kopf. Wie sollte er diese Schläge, Bisse und Schnitte erklären? Er hatte nicht die Kraft, überhaupt etwas zu erklären.
»Oder sogar ins Krankenhaus«, sagte sie nachdenklich.
»Nein«, krächzte er angestrengt.
Kopfschüttelnd stand sie auf und verschwand im Flur. Sie konnte diese Verletzungen nicht selbst behandeln, sie mußte zumindest wissen, was sie tun sollte. Ihre Finger zitterten, als sie Stephans Nummer wählte.
»Ja?«
»Stephan?«
»Cerys, meine liebe Tochter.« Er schien wirklich erfreut zu sein, ihre Stimme zu hören. »Was verschafft mir die Ehre?«
»Stephan«, sie zögerte. »Ich habe ein echtes Problem.«
Stephan horchte auf. »Worum geht es denn?«
»Ein Freund von mir ist verletzt, aber er weigert sich zum Arzt zu gehen.«
»Und?«
Cerys konnte das Stirnrunzeln ihres Vater förmlich durch das Telefon sehen. »Kannst du kommen?«
Er seufzte. »Und mir dann von dem Typen eins auf die Nase hauen lassen?«
»Er kann sich kaum bewegen.«

»Dann muß er ins Krankenhaus«, stellte Stephan fest.
»Stephan – es ist etwas kompliziert.«
Stephan hörte den bittenden Tonfall seiner Tochter.
»Kannst du kommen?«
»Ja. Heute ist mein freier Tag. Sag mir die Adresse, Darling.«
Cerys nannte ihm die Adresse und legte auf. Als sie zurück zu Nick ging, sah sie an der steilen Falte zwischen seinen Augenbrauen, daß er ihr Gespräch gehört hatte. Doch Cerys ließ sich nicht einschüchtern.
»Er ist mein Vater.«
Nick räusperte sich. »Ruf... bei Julian an. Sag ihm... daß ich.... krank bin.«
Sie nickte.
Es dauerte nur etwa eine halbe Stunde, bis Stephan vor der Tür stand. Er war ein gutaussehender Mann, Anfang vierzig. Auf seinen feinen Lippen lag meist ein etwas spöttisches Lächeln, aber Cerys wußte, wie herzlich er war, und nach der Trennung ihrer Eltern hatte sie lediglich zu ihrem Vater den Kontakt gehalten.
Cerys umarmte ihn kurz, als er eintrat. Sie führte ihn in Nicks Schlafzimmer, wo Nick noch immer unbewegt auf dem Bett lag.
»Ach du meine Güte«, entfuhr es Stephan, als er näher an Nick herantrat.
Nick starrte ihn an.
»Mein Name ist Stephan Gore.« Stephan sagte Nick, daß er Arzt war und wo er arbeitete.
»Können Sie mir sagen, wie das passiert ist?«
Nick schüttelte den Kopf.
»Okay. Ich schaue mir die Verletzungen jetzt genauer an. Aber zunächst frische ich Ihre Tetanusimpfung auf.« Fragend sah er Cerys an. Diese nickte.
»Haben Sie vielleicht den Verdacht, daß Knochen gebrochen sind?«
»Nein.«

»Gut.«
Nick beobachtete, wie Stephan Gore die Spritze aufzog. Mit einem kurzen Blick begutachtete Stephan die mageren Oberarme und sagte dann: »Ich spritze das in Ihren Gesäßmuskel.«
Vorsichtig drehte er Nick ein wenig auf die Seite und desinfizierte die Stelle, bevor er die Kanüle ansetzte.
Nick verzog keine Miene. Er beobachtete, wie Stephan Handschuhe anzog und sich dann daran machte, die Wunden auf seiner Vorderseite zu desinfizieren.
»Haben Sie irgendwelche Krankheiten, von denen Sie wissen? AIDS, Hepathitis?«
Nick schluckte. »Nein.«
Cerys gab ihrem Vater saubere Tupfer an.
»Ich werde Ihnen ein sehr starkes Schmerzmittel aufschreiben«, sagte Stephan, während er vorsichtig Nicks aufgesprungene Lippe abtupfte. Nick zuckte zusammen.
»Sie dürfen in dieser Zeit keine anderen Drogen zu sich nehmen.«
Einen Moment begutachtete Stephan die Bißwunden, die Nicks Männlichkeit verunstalteten, bevor er sich vorsichtig daran machte, auch diese zu verarzten.
»Die Schwellkörper sind mit Sicherheit beschädigt – Sie wissen, was das heißen kann?«
»Ja«, krächzte Nick.
»Sie sollten besser ins Krankenhaus«, riet Stephan, doch Nick schüttelte entschieden den Kopf. Stephan zuckte mit den Schultern und begann, die gesäuberten Stellen mit Mullverband und Pflastern zu verschließen.
Als er das beendet hatte, breitete er eine sterile Plastikabdeckung auf dem Bett aus und rollte Nick mit Cerys' Hilfe darauf, um sich die Verletzungen im Rückenbereich ansehen zu können.
Nick stöhnte leise, als er auf den Bauch gedreht wurde. Doch Stephan machte sich ungerührt wieder an die Arbeit.

Als er fertig war, bat er Cerys, ein frisches Bettlaken aus dem Schrank zu nehmen. Dann beugte er sich zu Nick hinunter.

»Versuchen Sie aufzustehen. Wenn Sie nicht ins Krankenhaus wollen, müssen Sie ja zumindest allein bis zur Toilette kommen.«

Nick starrte ihn an.

»Legen Sie die Arme um meinen Hals«, wies Stephan ihn an. »Ich ziehe Sie hoch.«

Mit äußerster Kraftanstrengung gelang es Nick, seine Arme um Stephans Hals zu legen. Als der Arzt ihn langsam aus dem Bett zog, raubte der Schmerz ihm den Atem.

»Sie sind ja nicht gerade sicher auf den Beinen«, bemerkte Stephan, als Nick schließlich vor ihm stand.

Cerys bezog in Windeseile das Bett neu, und gemeinsam legten sie Nick wieder auf den Rücken.

Erschöpft schloß er die Augen, als er wieder lag. Bilder der letzten Nacht huschten wie dunkle Schatten durch seinen Geist. Er wußte, daß er sie nicht vertreiben konnte und so ließ er sie einfach zu.

Cerys führte ihren Vater in Nicks helle, geräumige Küche.

»Möchtest du noch einen Kaffee?«

Stephan setzte sich auf die Eckbank. »Ja.«

Er beobachtete seine Tochter und kam zu dem Schluß, daß sie sich – zumindest in der Küche – sehr gut auskannte.

»Ist er dein Freund?« fragte er, als Cerys die Tasse vor ihm auf den Tisch stellte.

Cerys sah ihn an. »*Ein* Freund.«

»Er kommt mir bekannt vor.«

»Nick Jeffrey – er ist Sänger in einer Band. Wahrscheinlich hast du ihn schon mal in der Zeitung gesehen.«

Stephan nickte. »Seine Verbände müssen mindestens einmal täglich gewechselt werden, er braucht Hilfe...«

Cerys nickte. »Ich bin ja hier.«

»Du bleibst auch über Nacht?« Fragend zog ihr Vater die Augenbrauen hoch.

»Hm.« Cerys goß ihm eine Tasse Kaffee ein. Sie hatte nicht vor, ihm die ganze Geschichte auf die Nase zu binden.
»Er nimmt Drogen«, stellte Stephan fest. »Ich hoffe, du schützt dich.«
Cerys spürte, wie sie errötete. »Ich hab nichts mit ihm. Wir sind nur befreundet.«
Kopfschüttelnd sagte er: »Du bist mit jemandem befreundet, der splitternackt auf seinem Bett liegt und am ganzen Körper eigenartige Bißwunden hat? – Also ich hoffe, du weißt, was du tust.«
Cerys sah ihren Vater an. »Danke, daß du gekommen bist. Ich hätte Nick nie dazu gekriegt zum Arzt zu gehen. Er ist so stur.«
Stephan legte Salben, Sprays und Verbandsmaterial auf den Tisch.
»Ich habe ihm ein Antibiotikum gespritzt. In drei Tagen sehe ich mir das alles nochmal an.« Er schaute Cerys ernst an. »Zieh Handschuhe an, wenn du die Verbände wechselst.«
Stephan trank einen Schluck Kaffee.
»Er muß essen und vor allem auch was trinken. Mach ihm eine Brühe, oder so etwas. Sonst wird es ewig dauern, bis er wieder auf die Beine kommt.«
Cerys nickte. »Danke.«
Dann grinste er plötzlich boshaft. »Ich hoffe nicht, daß du für seine Verletzungen verantwortlich bist.«
Cerys wurde rot, doch dann mußte auch sie grinsen. »Nein«, sagte sie. »Ich bin doch Vegetarier.«

Cerys kehrte zu Nick zurück und sah, daß er noch immer nicht schlief. Ihr Vater hatte eine dünne Bettdecke über seinem zerschundenen Körper ausgebreitet und fast hätte sie vergessen, was sich unter der Decke verbarg.
»Nick?«
Er schaute hoch.

»Mein Vater sagte, ich soll dich waschen – wenn du nichts dagegen hast...«
Nick sah sie eindringlich an. Sein Blick schien sie durchbohren zu wollen. Er wußte, daß sein ganzer Körper blutverschmiert war, die Haut unter den Blutkrusten begann bereits zu spannen.
»Nur zu«, sagte er daher leise. Er würde vor morgen auf keinen Fall die Kraft finden, sich unter die Dusche zu stellen.
Cerys gesellte sich – mit einigen Handtüchern und einer Schüssel mit warmem Wasser bewaffnet – zu Nick ans Bett.
Liebevoll begann sie das getrocknete Blut von seiner Haut zu waschen, immer darauf bedacht, ihm keine weiteren Schmerzen zuzufügen.
»Wem hast du das zu verdanken?« fragte sie, obwohl sie die Antwort schon erahnte.
»Quäl mich nicht«, sagte Nick rauh.
Sie biß sich auf die Lippe. Natürlich – Torian. Sie wußte es. Aber warum zum Teufel hatte er ihm das angetan?
Ärger wallte in ihr hoch. Es schien, als hätte Nick sich wieder völlig abgeschottet. Sie hatte nicht übel Lust, Torian zur Rede zu stellen, doch sie wußte, daß sie bei seinem Anblick kein Wort herausbringen würde. Mit einem mulmigen Gefühl erinnerte sie sich an die Nacht, in der Torian sie verführt hatte.
Sie hätte nicht die geringste Chance.
Schweigend wechselte sie das Wasser aus, schlug die Bettdecke zurück und wusch vorsichtig seine schmale Brust und seinen Bauch. Dann zögerte sie, schaute hoch und sah, daß Nick sie interessiert beobachtete.
Sie grinste, versuchte ihre Unsicherheit zu überspielen.
»Wenn du glaubst, ich mache das nicht, hast du dich getäuscht.«
Nick lachte heiser. Hätte er nicht solche Schmerzen gehabt, hätte er die Berührungen ihrer zarten Hände mit Sicherheit genossen. Er verfluchte sich dafür, daß er sie so wenig

beachtet hatte.
Als Daniel, angelockt von der leisen Unterhaltung, in Nicks Schlafzimmer trat, mißdeutete er die Situation zunächst.
Eifersüchtig trat er näher, doch dann sah er die blutigen Handtücher, die Schüssel und kurz darauf auch die Pflaster und Verbände, die Nicks Körper wie Patchworkarbeit aussehen ließen.
Cerys sah auf, als sie ein Geräusch hörte. »Ah, hallo Daniel.«
Fast hätte sie Nicks Blöße zugedeckt, doch dann fiel ihr ein, daß Daniel ihn sicher schon öfter unbekleidet gesehen hatte als sie.
»Hallo.« Er starrte auf Nick hinunter. »Hat Torian doch versucht dich umzubringen?«
Cerys war überrascht von der Frage, doch noch mehr verunsicherte sie Nicks Reaktion. Zornig blitzte er den Jungen an, der seinem Blick kaum standhalten konnte. Hatte Daniel etwa vermutet, daß Torian Nick töten wollte? Diese Vorstellung kam Cerys ungeheuerlich vor.
Doch Nick antwortete: »Nein.«
Seine Stimme war angespannt, er hatte sich nur mühsam unter Kontrolle.
»Also können wir hierbleiben?«
Nick atmete geräuschvoll aus, es hörte sich an wie das Zischen einer Schlange, die sich im Unterholz verbirgt. »Wie ich gesagt habe.«
Daniel ging in die Knie und hauchte Nick einen Kuß auf die Stirn. Erstaunt sah Nick den Jungen an.
»Du hast Schmerzen, nicht wahr? Tut mir leid, daß ich so blöd zu dir war.«
Nick versuchte ein schmales Lächeln. »Ist schon gut.«
Daniel zögerte. »Manchmal habe ich den Eindruck, wir müßten dich vor ihm schützen. Aber dann – wird mir klar, daß wir das gar nicht können.«
»Ihr müßt mich nicht beschützen.«
Daniel beugte sich zu Nick herunter und flüsterte ihm ins Ohr:

»Wie ich sagte ... das können wir auch gar nicht.«

Nick spürte, daß er beobachtet wurde und erwachte. Die Schmerzen waren durch die Tabletten weitestgehend gedämpft. Langsam drehte er seinen Kopf zur Tür und sah Torian im Türrahmen stehen. Das Licht aus dem Flur ließ sein Gesicht im Schatten, bis er in den winzigen Lichtkegel der Nachttischlampe trat.
Nick sah seine gerunzelte Stirn.
»Es tut mir leid.«
»Arschloch«, fauchte Nick.
Torian ließ einen Packen Photos neben Nick fallen. Mit einem kurzen Blick erkannte er, daß er selbst auf diesen Bildern abgebildet war.
»Ich habe seine Seele in mir aufgenommen«, erklärte Torian leise. »Ich *mußte* diese Bilder machen, es war sein letzter Wunsch.«
»Wichser.«
Torian zuckte mit den Schultern. »Du hast keine Ahnung.«
»Ich habe Schmerzen, du Idiot. – Du hast mich fast umgebracht«, zischte Nick aufgebracht.
Der Dämon grinste spöttisch.
»Ich kann dich gar nicht umbringen, jedenfalls nicht richtig. Es hat dir gefallen, erinnerst du dich? – Außerdem – sind doch ein paar ganz hübsche Photos geworden ...«
»Hau ab, du Arsch!« Nick knirschte mit den Zähnen. »Ich will dich nicht mehr sehen.«
Torian runzelte die Stirn. »Meinst du das ernst?«
»Ja, hau bloß ab!«
Torian sah ihn abschätzend an.
»Geh, verdammt noch mal!« schrie Nick. »Ich kann dich nicht mehr ertragen!«
Als die Tür sich hinter Torian schloß, schluckte Nick heftig, aber er konnte nicht verhindern, daß sich seine Augen mit Tränen füllten. Dieses verdammte Arschloch, dachte er. Jetzt vergieße ich auch noch Tränen wegen ihm. So eine

gottverdammte Scheiße, ich heule wegen dem Mörder meines Freundes, schoß es Nick durch den Kopf. Doch die Tränen flossen über seine Wangen, er konnte sie nicht aufhalten. Seine Lippen waren salzig, und die Tränen brannten in seinen Wunden. Mühsam unterdrückte er ein Schluchzen und hoffte, daß weder Daniel noch Cerys jetzt zu ihm kämen. Er wollte niemanden sehen.
Ein bittersüßer Schmerz machte sich in ihm breit und zog seine Eingeweide zusammen. Torian war weg.

Nick war auch am darauffolgenden Tag schlecht gelaunt. Wäre er ehrlich gewesen, hätte er zugeben müssen, daß er um Torian trauerte. Warum hatte er ihn weggeschickt? – Natürlich wußte er, warum. Der Zorn, der in seinem Innern loderte, war noch zu heftig.
Er war verwirrt, enttäuscht, und die Schmerzen erinnerten ihn an die Mißhandlungen. An seine Scham – Torian hatte gesehen, daß ihn der Schmerz erregte. Aber er wollte das nicht. Das war etwas, das in seinem tiefsten Innern verborgen bleiben sollte. Er war nicht bereit gewesen, es zu offenbaren. Torian hatte sich einfach diesen Teil von ihm genommen, ohne zu fragen.
Er hatte ihn mißbraucht, um die Spannung, die von Chris' gefangener Seele ausgegangen war, abzubauen. Das hatte er zumindest behauptet.
Nick spürte eine dumpfe Übelkeit in sich aufsteigen. Daniel und Cerys konnten an seinen Verletzungen sehen, daß er geschlagen worden war. Er fühlte sich zutiefst gedemütigt.
Aber er fühlte auch noch etwas anderes, etwas, das ihm Angst machte. Was war, wenn er Torian nun nicht mehr wiedersehen würde? Wenn Torian aus seinem Leben verschwand? Ein unangenehmes Gefühl des Verlustes durchströmte ihn, eine dumpfe Verzweiflung.
Er schluckte.

Cerys versorgte seine Wunden. Er wollte nicht mit ihr sprechen, er wollte mit niemandem sprechen.
In seinem Kopf dröhnte es, und er wußte, daß es Trauer war, die ihn erfüllte. Abgrundtiefe Traurigkeit.
Er fühlte sich so elend – warum zum Teufel hatte er Torian überhaupt kennengelernt? Was hatte er getan? Warum war ihm das alles nicht erspart geblieben?
Er hätte schon wieder heulen können, aber er wollte sich in Cerys' Gegenwart nicht so eine Blöße geben. Sie wußte sowieso, daß er trauerte. Sie wußte viel zu viel.
Als Cerys gegangen war, spät am Abend, weinte er wieder. Er war so erschöpft, das Einschlafen eine Erlösung.
Torian war weg – und nur er kannte die Antworten auf seine Fragen.

Daniel saß an seinem Bett und las ihm aus der Zeitung vor.
»Sie haben etwas wirklich Nettes über euch geschrieben«, befand er. »Eure letzte Tour scheint auch den spöttischsten Kritiker mundtot gemacht zu haben.«
»Wenn sie wüßten, wie es mir im Moment geht, wäre der ganze Erfolg vergessen. Sie würden sich nur darauf stürzen«, sagte Nick zynisch.
Daniel fixierte ihn eindringlich.
»Du bist ein Trottel«, sagte er schließlich.
Nick starrte ihn aus verquollenen Augen an. »Bitte?«
Sanft strich er ihm eine Haarsträhne aus dem Gesicht und sah für einen Moment erschreckend erwachsen aus.
»Du bist wirklich ein Idiot, Nick. – Du liebst ihn doch, oder?«
»Laß mich«, bat Nick sofort. »Ich kann nicht darüber sprechen.«
Daniel lächelte. »Es hat echt eine ganze Zeitlang gedauert, bis ich es geschnallt habe. Du bist auch kein Mensch, nicht wahr? – Du und Torian, ihr gehört zusammen. Aber es scheint auch nicht einfacher zu sein als zwischen Menschen.«
»Was redest du da?« Nicks Nackenhaare sträubten sich.
»Willst du abstreiten, daß Torian kein Mensch ist?«
Nick schüttelte den Kopf. Der harte Zug um Daniels Mund verschwand.
»Ich war blind. Ich hätte es vorher sehen müssen, nicht wahr?«
»Nein«, sagte er leise. »Denn ich wußte es auch nicht.«
Liebevoll berührte Daniel sein Gesicht. »Ich hatte mein erstes Mal mit einem Wesen, daß viel mehr ist als nur ein Mensch.« Er lachte leise und schenkte Nick ein warmes Lächeln. Für ihn schien die Sache damit geklärt.
»Du leidest, Nick. – Ich... ich weiß nicht, was Torian dir angetan hat, und warum. Aber ich sehe, wie sehr du ihn vermißt.«
»Du bist verdammt altklug, Süßer«, sagte Nick müde. »Du

willst wissen, was er getan hat – und warum ich ihn nicht sehen möchte?«
Mit einer kleinen Handbewegung deutete er auf die Schublade in dem kleinen Schränkchen neben seinem Bett.
Daniel öffnete sie und zog einen Packen Photos heraus. Er sah sie durch, und seine Augen weiteten sich vor Schreck.
»Ach du Scheiße«, sagte er leise. »Warum hat er das getan? Und warum hat er dich so photographiert?«
Nick rollte die Augen nach oben. »Er... er hat behauptet, es sei Chris' Seele gewesen und er habe das tun müssen. Aber ich glaube ihm nicht – er ist so mächtig.« Nick lachte humorlos. »Als wenn eine *Seele* ihn zu so etwas zwingen könnte.«
»Chris' Seele«, wiederholte Daniel ungläubig.
Nick zog eine angestrengte Grimasse. »Es ist alles furchtbar kompliziert.«
Daniel dachte nach. Langsam und ordentlich stapelte er die Photos wieder aufeinander.
»Es sieht tatsächlich wie Chris' Handschrift aus, findest du nicht?« meinte er schließlich.
»Ich weiß nicht. Ich will nicht darüber nachdenken.«
»Ich kann verstehen, daß du unendlich wütend bist, Nick. – Aber du quälst dich selbst.«
In dieser Nacht weinte Nick sich wieder in den Schlaf. Er war am Boden zerstört, in ein tiefes, emotionales Loch gefallen, aus dem er im Moment keinen Ausweg sah. Lautlos rannen die Tränen über seine Wangen, er war es fast schon gewöhnt.
Bis er bemerkte, wie sich jemand zu ihm ans Bett setzte, seinen Kopf zärtlich auf seinen Schoß zog und ihm liebevoll die Haare aus dem Gesicht strich. Kühle Lippen küßten die Tränen von seinen Wangen, aus seinen Augen. Es war Torian.

10. Kapitel

Zwei Tage später fühlte sich Nick wieder so weit hergestellt, daß er Torian besuchte. Seine Haut spannte noch beträchtlich an verschiedenen Stellen, aber er fühlte sich wenigstens wieder sicher auf den Beinen.

Als Torian ihm die Tür öffnete, glitt ein Lächeln über seine Lippen. Nick sah wundervoll aus, in seinen schwarzen engen Cordhosen und dem weißen Piratenhemd. Seine Haare waren hinten sorgfältig auftoupiert, lange Strähnen hingen in sein hübsches Gesicht.

Er sah noch angestrengt aus, ein wenig erinnerte sein Gesichtsausdruck Torian an den Moment, als er ihn geschlagen hatte. Wo nicht etwa Schmerzen sein Gesicht verzerrten, sondern pure Anstrengung. Aber er konnte keinen Funken Angst in Nicks großen blauen Augen sehen. Gut, dachte er.

Er bat ihn einzutreten. Eine merkwürdige Spannung entstand zwischen ihnen.

Nick sah ihn an und lachte kurz auf.

»Warum lachst du?« fragte Torian neugierig.

»Wie können sie nur denken, daß du ein Mensch bist?«

Torian hauchte ihm einen Kuß auf die Wange. »Ich weiß nicht.«

Nick trat ins Wohnzimmer, ans Fenster. Es roch angenehm nach Räucherstäbchen und einem exotischen Tee.

»In zwei Wochen werde ich 26«, sagte er leise und setzte sich vorsichtig auf die bequeme alte Couch.

Torian nickte. Er wußte, was das bedeutete. »Die ewige Suche«, sagte er, es klang spöttisch.

»Es quält mich«, sagte Nick und fixierte ihn eindringlich. »Vielleicht wäre es besser gewesen, du hättest es mir nie gesagt.«

»Warum? – Ich sehe überhaupt kein Problem.«

»Was meinst du?« fragte Nick irritiert.
Torian lachte kurz auf. »Bist du eigentlich blind?«
Nick sah ihn verständnislos an.
»Cerys.«
»Du meinst... das ist nicht dein Ernst! Du meinst... ich sollte sie schwängern?«
Torian beugte sich vor und faßte ihn hart an den Schultern. »Du brauchst für deinen Nachwuchs einen Menschen, der soviel Liebe geben kann wie sie.«
»Ich...« Nick zögerte. »Ich kann sie doch nicht... benutzen!«
»Sie würde dein Kind lieben, Nick. – So, wie sie dich liebt.«
Nick stand langsam auf. Er wußte, daß Torian recht hatte, doch er hatte einfach Skrupel.
»Du hast nicht mehr lange Zeit, es dir zu überlegen«, sagte Torian und starrte auf Nicks Rücken.
Der drehte sich um und ging mit einem schnellen Schritt auf sein Gegenüber zu.
»Woher weißt du das alles?« Sein Tonfall war aggressiv.
Torians Mundwinkel zuckten spöttisch. »Ich bin über 500 Jahre alt, mein lieber Freund. Und du bist mit Sicherheit nicht der erste deiner Spezies, den ich kennengelernt habe. – Frag mich nicht, warum ihr es nicht schafft, euer Wissen zu bewahren und weiterzugeben. Wir jedenfalls haben es geschafft!«
»Ich kann doch nicht mit ihr zusammenleben!«
Torian klappte vor Überraschung der Unterkiefer hinunter. »Das habe ich auch nie behauptet.«
»Ich soll ihr ein Kind machen und dann verschwinden?«
Torian knurrte leise, genervt.
»Warum willst du verschwinden?« zischte er. »Sorg dafür, daß dein Kind unter anderen Umständen aufwächst als du. Verhindere, daß es eines Tages seine Eltern töten muß, um zu überleben. Aber steh Cerys nicht im Weg, wenn sie einen anderen Mann kennenlernt. Du bist kein Mensch – wann verstehst du das endlich?«

»Habe ich ihn wirklich umgebracht?« fragte Nick leise.
Torian nickte.
»Dir blieb nichts anderes übrig. Und die Erinnerungen sind noch immer in dir. – Aber das ist nichts, was dich belasten sollte.«
»Ich habe jemanden umgebracht, und das soll mich nicht weiter belasten? – Das kann nur jemand wie du sagen.«
Torian zuckte mit den Schultern. »Du warst ein Kind, und er hat dich gehaßt. Ihn zu töten, war deine einzige Chance.«
Endlich, endlich fügten sich die Teile des Puzzles für ihn zusammen. Seine Visionen, seine Erinnerungsfetzen – das alles machte jetzt einen Sinn. Er hatte ihn tatsächlich getötet.
Nick stöhnte leise, als die Bilder in sein Bewußtsein hochglitten. Seine kleinen Hände waren blutüberströmt, als er das lange Küchenmesser aus der Brust seines »Vaters« zog. Es dauerte lange, bis das Röcheln aufhörte, das Blubbern und Glucksen. Lange, bis sein Peiniger den letzten Atemzug tat – und das war gut so. Es fiel ihm schwer, sich schließlich davon zu lösen. Sein Atem ging schnell, doch es schien ihm, als sei eine unendliche Last von seinen Schultern gefallen. Torians sanfte Stimme holte ihn zurück.
»Hör auf damit.«
Nick setzte sich wieder und starrte Torian an.
»Du solltest dir um die Gegenwart Gedanken machen.«
Nicks Blick verdunkelte sich. »Ich habe nur noch zwei Wochen, und dank deiner *fürsorglichen* Behandlung fühle ich mich momentan nicht gerade ... zeugungsfähig.«
Torian zuckte wieder mit den Schultern und lachte leise. »Du wirst das schon schaffen.«
»Und wenn sie das Kind nicht will, mein lieber Torian? Was mache ich dann? – Dann sehe ich zu, wie sie es vernichtet!«
Torian machte eine ungeduldige Handbewegung. »Sie wird es wollen.«
Er goß Nick eine Tasse Tee ein und sah zu, wie dieser sich langsam zurücklehnte. Er wußte, was in Nick vorging, denn er

las seine Gedanken.
»Ich würde gern zuschauen, wenn du deinen Nachkommen zeugst«, sagte Torian und lächelte unschuldig.
Nick lachte laut auf. »Klar, wie in einer Neuauflage von Rosemaries Baby, oder was? – Du spinnst wohl.«
Torian lachte leise.
»Ich bin nicht der Teufel, Nick. Aber ein *bewußt* gezeugter Engel – das ist schon etwas besonderes. Wie ... eine bestimmte Sternenkonstellation, oder eine totale Sonnenfinsternis.«
Nick tippte sich leicht an die Stirn.
»Schlag dir das aus dem Kopf, mein Lieber.«

Neugierig betrat Nick Cerys' kleine Wohnung. Sie war wirklich klein, aber sehr gemütlich eingerichtet. Er sah einen Computer auf einem hellen, funktionellen Schreibtisch, daneben ein Sofa für zwei Personen, mit einem hellbraunen Überwurf.
Cerys ging vor ihm durch den schmalen Flur und öffnete das Küchenfenster.
Nick blieb zurück und warf noch einen Blick ins Wohnzimmer. In einer Ecke neben dem winzigen Fernseher stand eine erstaunlich teure Hifi-Anlage. Daneben ein großes CD-Rack aus Metall. Mit einem kurzen Blick erkannte er, daß sie alle CDs seiner Band besaß, daneben einige CDs anderer britischer Bands. Er lächelte in sich hinein.
Als er hörte, daß Cerys die Fenster in ihrem Schlafzimmer öffnete, folgte er dem Geräusch. Er hatte es nicht geplant, aber er wußte, daß es richtig war.
Überrascht drehte Cerys sich um, als sie Nicks Anwesenheit spürte. Mit hängenden Armen stand er vor ihr. Seine Augen irrten mit fieberhafter Intensität umher.
»Was möchtest du?« fragte sie leise.
Er senkte den Blick und begann, sich langsam auszuziehen.
Mit ungläubigem Staunen sah Cerys ihn an. Warum nur tat er das?
Er trat auf sie zu, seine Hände ruhten einen Moment auf ihren Schultern, als warte er auf ihre Einwilligung. Dann knöpfte er ihre grüne Samtbluse auf und streifte sie über ihre Schultern. Seine Augen drangen bis in ihr Innerstes, und sie fühlte sich nackt und verletzlich. Doch gleichzeitig keimte eine unbändige Lust in ihr auf, ihre Nerven flatterten wie aufgeregte Schmetterlinge.
Nick hatte seine Hose noch an, doch sein marmorweißer entblößter Oberkörper erregte sie. Sie sah die Wunden, die Torian ihm zugefügt hatte, die meisten noch nicht verheilt, auf einigen bildete sich bereits rosiges Narbengewebe.

Cerys umschlang seinen Körper mit beiden Armen, für sie gab es kein Zurück mehr. Sanft hauchte sie warme Küsse auf seine glatte Brust. Ihre Hände wanderten über Nicks Rücken, dann tiefer, bis sie ihn schließlich gegen sich zwang. Sie spürte seine Erektion an ihrem Körper und daß er die Luft anhielt, ob aus Schmerz oder Lust, konnte sie nicht erkennen.
Nur ungern entließ sie ihn aus dieser Umklammerung, um mit zittrigen Fingern seine Hose zu öffnen. Sie hatte so lange darauf gewartet, zu lange fast. In ihrem Kopf entstanden die wildesten Ideen, sie würde alles für ihn tun, was er sich wünschte und ihre Unterwürfigkeit genießen. In einem kurzen Moment der Klarheit war sie froh, daß er ihre Gedanken nicht lesen konnte.
Nick würde keine devote Bettgefährtin verlangen, doch was konnte sie ihm bieten? Cerys war nicht unerfahren auf dem Gebiet, doch ihr war klar, daß Nick ihr haushoch überlegen war. Sie zögerte, doch ihre Lust war stärker, als ihre Bedenken.
Nick beugte sich zu ihr hinunter und küßte ihre Schultern. Mit unendlicher Sanftheit entkleidete er sie, bis sie schließlich nackt vor ihm stand.
Erst jetzt wurde ihm bewußt, von welch betörender Schönheit sie war. Ihr Körper war leicht sonnengebräunt, ihr volles Haar fiel dicht über die schmalen Schultern, bedeckte ihre festen, runden Brüste.
Er konnte sich kaum noch daran erinnern, wann er einen weiblichen Körper zuletzt so anziehend gefunden hatte.
Liebevoll drängte er sie Richtung Bett. Sie beobachtete – noch immer erstaunt – wie er seine Hose auszog und sich zu ihr legte.
Seine Haut war warm und fühlte sich aus irgend einem Grund sehr fremd an. Cerys wunderte sich darüber, denn sie hatte ihn schließlich seit Tagen beim Verarzten seiner Verletzungen berührt. Doch jetzt war alles anders. Nick war wirklich und wahrhaftig bei ihr, in ihrem Bett. Sie hatte nicht mehr daran

geglaubt.
Seine Küsse waren heiß und fordernd, und Cerys wußte nicht, wie sie darauf reagieren sollte. Denn das alles erschien ihr wie ein Traum, 100 Mal geträumt.
Vorsichtig berührte sie seine Tätowierung, ließ ihre Hand über seine schlanken Beine wandern.
Er beobachtete sie.
»Nicht so zaghaft, Liebes«, sagte er leise. »Ich bin nicht aus Glas.«
Sie lächelte unsicher. Ließ ihre Finger über sein aufgerichtetes Geschlecht gleiten. Sie spürte die frische Narbe und fragte sich, ob er wohl Schmerzen hatte.
Nick seufzte wohlig und schob ihr seine Hüfte entgegen. Diese Geste machte sie etwas sicherer – er genoß offensichtlich, was sie tat. Und sie liebte den Anblick, der sich ihr bot, der weiße schmale Körper, der sich unter ihren Berührungen wohlig wand. Sie konnte sich in diesem Moment nichts vorstellen, was sie erotischer gefunden hätte.
Cerys spürte ihre eigene feuchte Hitze, sie war bereit für ihn. War sie das nicht schon seit Wochen?
Das angenehme Pochen zwischen ihren Beinen breitete sich langsam aus, sie mußte ihn jetzt haben. Jetzt, sofort. Und warum sollte sie Nick die Initiative überlassen?
Mit einer eleganten Bewegung schwang sie sich rittlings auf ihn. Erstaunt sah Nick sie an, doch er machte keine Anstalten, sie zu hindern.
»Ich gehöre dir«, sagte er leise und grinste.
Ganz langsam ließ Cerys sich auf ihn hinuntersinken, wobei sie seine Männlichkeit Zentimeter für Zentimeter in sich aufnahm.
Nick schloß die Augen und stöhnte leise. Trotz ihrer Erregung war diese Prozedur recht schmerzhaft, und er hoffte, daß die Verletzung nicht wieder aufplatzte. Doch der Schmerz verstärkte seine eigene Lust, so daß er große Mühe hatte, passiv zu bleiben.

Als er sie schließlich ganz ausfüllte – und das tat er ohne Zweifel – begann Cerys sich langsam zu bewegen. Sie genoß es, den Akt zu bestimmen, und sie ließ sich Zeit, denn sie spürte, daß es in ihr brodelte. Einige heftige Bewegungen würden ausreichen, um sie in Ekstase zu versetzen.
Nick verhielt sich ganz ruhig, nur sein stoßweiser Atem verriet seine Erregung. Es kostete ihn einige Überwindung ruhig zu verharren.
»Faß mich an«, keuchte sie auffordernd.
Seine Hände wanderten an ihren weichen Beinen hinauf, bis zu den Rundungen ihrer Hüfte. Höher dann, bis sie ihre Brüste umschlossen.
Sie stöhnte wohlig, als er ihre harten Brustwarzen zwischen Daumen und Zeigefinger nahm.
»Mehr davon«, sagte sie leise.
Nick grinste. Er stellte die Beine hinter ihrem Rücken auf, so daß sie ihre Stellung ein wenig verändern mußte.
»Ja... ja.«
»Was möchtest du?«
Sie keuchte. »Nichts verändern. Es... ist gut so.«
Sie bewegte sich schneller, die Reibung tat höllisch weh an seinem Schwanz. Trotzdem genoß er es in vollen Zügen.
Als er spürte, wie sie kam, zog er sie auf sich hinunter, umklammerte ihren zuckenden Leib und schob sich ein Stück weiter in sie hinein.
Mit einer unglaublichen Intensität ergoß er sich in ihren heißen Körper. Er wußte es sofort, Torian hatte recht behalten.
Zärtlich begann er ihr Gesicht zu küssen, drückte seine Lippen auf ihren heißen roten Mund, aus dem der Atem noch immer stoßweise kam.

Eine Ewigkeit später, kurz bevor sie einschlief.
»Wenn du jetzt schwanger wärst«, murmelte er leise an ihrem Ohr. »Was würdest du dann tun?«

Erstaunt hob sie den Kopf und sah ihn an, als käme sie erst jetzt wieder zu sich. Siedendheiß wurde ihr bewußt, daß sie sich überhaupt keine Gedanken um Verhütung gemacht hatten.
Doch dann lächelte sie.
»Ich würde dieses Kind abgöttisch lieben, Nick. Denn es wäre ja ein Teil von dir.«

Als sie eingeschlafen war, stand Nick auf. Er wußte, daß das, was er getan hatte, richtig gewesen war. Doch eine innere Unruhe zwang ihn, wach zu bleiben. Leise verließ er ihr Schlafzimmer und betrat das winzige Wohnzimmer. Der Mond sandte sein kühles Licht durch die Fensterscheiben, und Nick sah hinaus, bis er ein heimliches Geräusch hörte.
Er drehte sich um und sah in Torians Gesicht. Nur für einen winzigen Moment erschrak er – denn eigentlich hatte er es gewußt.
Vielleicht hätte er wütend sein sollen, weil Torian sich über seinen Willen hinweg gesetzt hatte. Aber darauf kam es nicht mehr an.
Er schaute in Torians Augen und sah die Ewigkeit und diese ganz besondere Zuneigung, die nur Torian, sein geliebter Dämon, für ihn empfinden konnte.
»Wirst du bei mir bleiben, Torian?« fragte Nick. Sein Herz schlug schmerzhaft.
»Ja – für immer.«

Ende

Ich möchte an dieser Stelle einigen Menschen danken, die mich unterstützt und inspiriert haben, oder die einfach da waren, um mein Leben zu versüßen, als da wären namentlich zu nennen:
Michael, Patrick, Curtis, Andreas, André, Nicole. Birgit für den „ersten Eindruck“ und den
Longpigs für ihr fantastisches Album „Mobile Home“.
Außerdem möchte ich all denen meinen Dank aussprechen, die mich durch ihr Lob ermuntert haben.